美しい橋

早乙女勝元

本の泉社

美しい橋

早乙女勝元

本の泉社

プロローグ

白鬚橋。

しらひげばし、とよぶ。

白いひげだなぞというと、見知らぬ人は、おそらく枯木のようなたよりない老朽橋を連想するかもしれない。

ところが、それとはまったく逆に、この橋は全長百六十九メートル、幅二十二メートル、巨大な鋼鉄のアーチが弧をえがいて天を走り、網の目のように鉄骨がびっしりと空をおおって、今にも頭上にのしかぶさってくるようにさえ思える。それはまるで、あの前世紀に生きた重たく不気味な感じの恐竜の姿を思わせるのに充分だ。

たくましいということでは、一点の非のうちどころもない重量感にみちた鋼鉄の橋は、隅田川にかかっている十二本の橋梁の一つで、この川の上流からかぞえて二番目にあたるが、煤煙でどんよりと重くにごった東京の下町に面し、交通量がさほどでもないのと、墨田区と荒川区と二つの工場地帯をむすんでいるので、それほど多くの人に知られてはいないようである。

しかし、白鬚橋というよりも、むしろ「お化け橋」とか「身投げ橋」という俗称では、この橋は、かなりの数の下町っ子たちの頭の隅に刻みこまれているのにちがいない。

白鬚橋が生まれて、すでに三十年に近い。

その長い歳月のうちには、どんなにいろいろな出来事が、この橋の上にあったことだろう。しかし、橋はおそろしく無口だ。なに一つ語ってくれはしない。したがって、そのさまざまな出来事を知ることができない。

……だが、私は、この橋にまつわるだれも知らない哀しい恋歌を知っている。それは一九五五年のある日、橋の上から歩みはじめた、ある貧しい恋人たちの物語である。

1

昭和六年、白鬚橋は竣工された。

この橋のたもとの千住のガスタンクの町にすむ石田友二は、その後に生まれてきたので、白鬚橋がどんなにたくさんの人々の労苦と、どんなに長い時間をかけて生まれてきたかを、知ることはできない。

けれども、友二はそのあたりのことを、つぶさに見てきたように思い描くことができる。というのは、その頃まだ働きざかりだった父が、目を糸のように細め、たった一つの自慢話のように白鬚橋のことを、幼い彼に語ってきかせてくれたからだ。父の話によれば、白鬚橋はむかしは木の橋で、わたる人はかならず、一銭玉一ツずつの渡り賃をとられたものだという。

八十七万五千円もの大金をかけて、このワニザメのようないかめしい橋がつくられたころ、

「両岸はまだ、若草が一面にもえたつ、きれいな土手だったよ」

と、父はよく言葉をつづけたものである。ところが、それからまもなくすると、奇怪なうわさが持ちあがったのだそうだ。

真夜中、橋をわたっていくと、ちょうど八本目の支柱のところに、白い着物をきた細身の少女が立っているのだという。目鼻立ちこそすっきりと澄んでいるが、その顔の色は夜目にもぬけるようにほの白い。人が通るのをみると、もの悲しい調子の歌を、ほそぼそと笛でも吹くようにうたうという。早足に通りすぎて、おそるおそるふりかえってみると、もう少女の姿はあとかたもなく消えている。それで「お化け橋」と呼ばれたのだそうだ。

その少女は、どうやら土手にすんでいるかわうそのいたずらだろう、ということになったが、それからしばらくすると、やがて渦のように暗い不景気の時代がやってきた。こんどはお化け橋を利用して橋上から隅田川に投身するものがつぎつぎとあらわれ、これで、お化け橋は「身投げ橋」という名にかえられたのである。もちろん、いつのまにか、美しい少女もいなくなっていた。生活に追いつめられて、隅田川へとびこむ者に心よせた少女は、その行動を共にしたのかもしれない。

友二は、床の中で、父からよくそんな話をきかせてもらった。さえざえと澄んだ少女の表情が目の裏にうかび上ってくるようだった。彼は幼いころから小心で虚弱で、いつも人から

さげすまれてばかりいたが、心のおくでは今にみろとつぶやいていた。今に大きくなったら、きっとたくましく男らしくなってやるぞ、と心に誓った。そして、そう思う彼の頭の中には、あの白鬚橋が、はがねのつばさをひろげ、どっしりと微動だもせずにかかっていたのである。

こうして歳月はながれた。貧しい日々の中に、長くてみにくい戦争が津波のように押しよせてきた。

巨大なガスタンクの丸屋根に、ブスブスと蜂の巣のような穴をあけて焼夷弾がおちた。たった一日で、リヤカーに何台分もの焼夷弾のカスがたまった。それでもタンクは燃えずに残って、戦争は終りを告げた。そして、まもなく過労で父が死んだ。

いつしか、友二は十代を越えていた。

小学校の高等科をおえるとすぐに、彼はあちこちの工場で働き、人なみにちいさな機械を動かし、ハンマーもふるってきたのに、どうしたわけか、ちっともたくましくも男らしくもなれないのである。なれないばかりではない。幼いころの夢とは反対に、彼はいつも人からおしのけられてばかりいて、人をおしのけかきわけなければ生きていけないような、このすさまじい社会から、常にはじき出されてしまう。

そういえば、すべてが暗くて重くてあさましい時代であった。大の男が陽の目もみずに働いても、自分ひとり食うのがやっとのことであり、ひとたび職を失おうものなら、働くところがめったにないというような時代だった。

人々は、いつしか希望を忘れ、日々に光をうしない、どんなにか醜い行いにも、自分だけの小さなしあわせを、わが手にかきあつめようとする。自分よりも不幸につきおとされた人をみる時、はじめて、そこにわが身の安らぎをおぼえ、いちだん高いしあわせにたどりついたような錯覚さえおぼえる。

じっさい、このごろ町を歩いている人々の、なんとつめたく貪婪なこと！　そして、なんと重たくよどんだひとみだろう。そこには生気もみられなければ、したがって活気もないし、なにもしないかわりにまちがいもなかった。毎日まいにちが同じ流れの中にすぎて、変哲のない時間との妥協の中に、いちにちまた一日と終着駅に近づいていくだけなのだ。

石田友二は、その陰影が自分の心にも、ひそかにしのびこんでくるのにおののく。彼はどんなに貧しく、どんなにささやかであってもいい、自分の心をあざむくことなくせいいっぱいに生きたいとねがう。

おどろきと怒りとを忘れたくないと思う。どれほど年をとっても、子どものような、ひたむきな夢を追いつづけたいと思う。

だが、そう思いつつ、職を失ってもういく日がすぎていったことだろう。こうして一体どこまでいったら、新しい生活が目の前にひらけることだろう。彼は思わず頬杖をついてしまう。どこまでいっても、新しい展望なぞ一向に現われそうにない。まるっきり変化のない日々のつらなりだけが、無限に目の前にある。そのほかには、ああ、なんにもありはしない。

ぼんやりと、ただ手をこまねいているのではなかった。

彼は、連日のように、町から町をさまよい歩いたのだ。

「働かしてください、なんでもいいですから働かしてください」と。

けれども、そこに待ちかまえているのは、たった一人の若者でさえも割りこむ余地のない現実の壁であり、つまらない良心なぞ犬にくわれてしまうがいい、というひややかな世界なのだ。町はどんよりと沈んで暗く、どの家をのぞいても、心からの笑いが見えそうもなかった。だから、ひとたび町に出ると、なおさら暗い気持を背おって、スゴスゴと舞い戻ってくるのである。友二は世の中をあきらめる一方で、自分のしあわせをもあきらめかけようとしている。

そしてこのごろ、彼はすっかりやせた。

頬の肉がおちた。二十歳を越えて、わずか一年にしかならないというのに、その表情は暗くゆがみ、若者らしさがしだいにうすれていく。母はオロオロして、

「のんびりしろよ、気にするな、今になんとかなるで」

だが、そういう母が、そういいながら、そういうことで日増しに老けていくのが、なんともいたましくてやりきれない。

兄が嫁をもらい、その嫁がそとに働く家で、乳飲み子を守り育てていくうちに、母の身体はいつしか前かがみにうつむき、ほんとうに小さくなってしまった。子どもは伸びざかりで

ある。ちっとも目を離してはいられない。手あたりしだいに、なんでも口にいれる。クレオンで、畳に大きな円をかく。母は掃除をしながら、そのクレオンの線をあくせくと指でつまんでいる。母の目は老いて視力がうすれてきたのである。

「カアちゃん、それはイサムのいたずら書きだよ」

「……」

「クレオンだよ」

「ああ……糸かと思ったよ」

と母はつぶやく。

子どもを育てることに、自分のすべてののぞみをかけ、映画一つみるでもなく、六十の声をきこうとしているこの母に、——ああ、おれは、まだ心配をかけているのだ。

それが、彼の心にくいこむのである。

友二は、兄の子を背おって外に出る。

ガスタンクの町。煙の屋根をもちススの雨のもとにひろがるカサブタのような人家。いたるところに、ベルトコンベアが縦横に流れ、一かけらが人間の頭ほどものばかでかいコークスの山が、町中をゴトゴトと音をたてて流れていく。ぐわんとそそり立つタンクの方からは、ススがパラパラと散って、せんたくものを黒く染め、赤子の目にもつきささる。イサムは泣き出す。涙がイサムのあどけない表情を、いっそうくしゃくしゃにさせてしまう。「おお、よしよし」と、いくらいってみても、事態はちっともよくはならない。しかし、友二は、この子がいじらしくてならないのだ。ひるま、どんなに泣いてわめいてみたところで、イサムの母はかえらないのだから。赤んぼうの唯一の特権である大好きな母の乳にもありつけないから、ちいさな身体に満身の怒りをこめて、この子は、泣いて抗議するのだ。小さな意志を強く主張しているのだ。

「泣くがいいよ、もっと大きな声で、せいいっぱい泣くがいいんだ」

友二は、ほんとうにそう思うのである。

だが、そう思いながら、イサムがいつまでも火のついたように泣きつづけ、いくらあやしても一向に泣きやまずにいると、彼はこの子よりも、むしろ自分のほうがやりきれなくなってきてしかたがない。ほんとうは、彼もイサムのように大声をはりあげて、泣いてみたいとおもうのである。しかし、一体なんになるというのだろう。笑いものになるだけのことだ。そして、いっそう母を心配させるだけではないのか。

その日も、友二はイサムを背おって、いつものように橋に出た。

イサムは、白鬚橋が大好きだった。

ついこのあいだまでは、手すりからのびあがって、橋下をくぐりぬけていく蒸気船と、そこからはきだされるまるくて白い、ドーナツのような煙をみると、この子はぴたりと泣きやみ、足をバタバタさせて喜んだものだった。しかし、何回かそれをみせるうちに、今はききめもなくなってしまったらしい。やっぱり、母乳が恋しいのか、イサムは泣きつづけた。いつもしめつて乾くことのない友二の背で、イカのように身体をはって、幼な子は引きさかれるように激しく泣きつづけた。

かごめかごめ
かごのなかのとりは
いついつ出やる
夜明けの晩に鶴と亀がすべった……

そんなうたを口ずさみ、背を左右にふりながら、友二はほこりっぽい橋の上をいったりきたりした。

やがて泣きつかれて眠ってしまうかもしれぬとおもい、そこにせめてもの期待をかけて、彼は記憶の底にのこっている童謡をひくく口ずさんだ。

あたりは薄墨をぼかしたように暗く、風が思いだしたように水面をつたわって、橋の上にまでせりあがってきた。ガス会社をひけた労働者たちが、黒装束で黒い表情で、ふりむきもせずに通りすぎていった。時計の振り子のような足どりは、機械じかけの、うつむいたロボットのようにもみえた。その背後からチリチリと音をたてて、自転車がとおった。鈴の音だけはまあたらしかったが、乗っている人の顔には、まるで生気がみえなかった。ただ疲れきった色だけがあった。

暗くて、悲しい時間だった。イサムは泣きやまなかった。

その張りさけるような泣き声をきいていると、まるで、自分とこの子だけが世の中の動きからとりのこされ、みなし子のように、おじけづいているように思えてならなかった。こんなとき、船が走ってくればよいのだがと思い、橋のらんかんにもたれて下をみた。船はみえない。かわりに、隅田川の水がひどくドス黒くにごって、目の前一面コールタールでも流したようにみえた。そのどす黒い渦が、つぎからつぎへと足もとにむらがり集まってきては、橋の下に吸いこまれていく。……今にも目がまわりそうだ。渦の中に吸いこまれてしまいそうだ。しかし、さらにじっと見つめていると、押しよせるドス黒い流れの中を、橋と自分とが、流れにさからって、グングンつきすすんでいるようにも見えるのは、これは一体どうしたわけだろう。


……………


ふっつりと、イサムは泣きやんだ。重苦しい空気が、にわかにかき消えた。

友二は、おどろいてふりかえってみた。おどろきは、そこでさらにかさなった。彼は大きく目を見張った。そしてまばたきをした。いつのまにやってきたのだろう、どこの世界からやってきたのだろう。

太陽みたいにまぶしく、星のように光った微笑の眼がそこにあった。

「ほうら」

と、娘は、はずんだ声でいった。

「泣きやんじゃったわ」

彼女の横顔を、友二はみつめた。そっと眼の中にきざみこむようにして。

「あら、もう笑ってる！　涙をこんなにいっぱい出してさ。もったいないなァ」

娘はイサムの涙をぬぐってくれ、その背中をかるくゆすってくれたが、友二の視線にかちあうと、とまどったように、目をまたたかせた。赤い頰の上にかすかに睫の影がよぎった。

「この子、大きな声で……」

と、まるでつぶやくように言葉をつづけた。

「いつもいつも泣いてるじゃない、げんきな坊やだこと」

そのとき彼は気づいた。少女が、イサムの手になにかをあずけたことを。イサムは、それとこの少女の出現に、すっかり御機嫌なのである。すると子どもは正直だ。いっぺんに泣きやみ、友二の背中で、足をバタバタさせてはしゃぎまわっている。誇らしげに、その手を左右にふりまわした。

で、友二は、この見知らぬ娘が、イサムに可愛らしいオモチャのラッパをくれたのだ、ということを知った。ラッパには、小さな丸いボタンがいくつもついており、そこから、ふさのついた青い紐が左右はずんだ。

「このラッパ、とってもむずかしいのよ」

赤い頬の彼女は、顔中で笑った。

そして、まず自分で吹いてみせた。少女の頬がみるみる風船のようにふくらむと、実に奇妙な音色が、小さなラッパの口もとからあふれて、外にとび出した。イサムは声をたてて笑った。少女も笑った。マジック・ラッパだという。

「坊や、いい子だもん」

ラッパを、ちいさな手にあずけながらいう。

「ごほうびに、ね？　ほら。だからもう泣いちゃあダメよ」

にっこりと笑う。ほてって上気した丸い頬に、白い歯なみがスッキリとのぞく。真珠のような光。ぴょこんと頭をさげて、友二に軽い会釈をおくると、おさげにあんだ髪の毛が肩にゆれた。まるで振り子のように。そして、くるりとふりかえってちょっと手を上げたかとおもうと、小さなスカートが風になびいて、娘はもう橋のむこうに小さくなっていた。つぎの瞬間、鉄工場のはみ出たクレーンの陰に消えてしまった。

それは、ほんのまばたき一つするようなみじかい時間の出来事だった。

しかし、友二はさっきから、同じ場所にじっと立ちつくしているうちに、娘はふいに風のようにどこからかやってきて、また、どこかへ立ちさった。……一分……二分、そうだ、ものの五分とないような、みじかい時間だった。夢？　いや、夢ではない。イサムの手に、マジック・ラッパが残っている。そして、この短時間のあいだに、なにかが友二のなかで動きだした。娘は去った。しかし、彼女は友二の眼に吸い込まれて、心の内側にやってきた。彼は素早く目をとじた。

——扉をしめるのだ、早く！

扉は閉ざされ、唇をかんで、はにかむように彼女は笑った。赤い頰にまた睫の影がよぎった。歯なみが白く光った。そのほほえみは、彼の空虚な心に、しみじみと太陽のほとぼりのようにひろがり、隅々にまであふれて満ちた。一瞬ふしぎな充足と、平和なやすらぎとがあった。あたりは、いつのまにか闇がにじんで、すっかりうす暗くなっていた。少女の消えた河岸の町から、夜がひたはしりに橋の上にやってくる。

友二は、らんかんにもたれた。対岸の暗い町並をみた。尖った教会の屋根や、火の見やぐらや、工場の大煙突、ギザギザの塀がシルエットとなって川面につらなり、あちらこちらに、小さな灯がチカチカまたたいているのがみえる。あの町の中に娘はいるのだ、と彼はあらためて思った。肌さむい風が、対岸からふいてきて、橋の上にまでやってきた。ふいに、彼は彼女の後を追うことを考えた。……が、もうおそすぎた。夜の町は娘の姿を呑みこんでしまっている。ほっと息をはいて、友二は橋をもどりはじめた。

少女の眼の輝きが乗りうつったように、彼の目もまたキラキラと光っていた。だが、彼女の名前と住所をきき忘れたことが、今はかえすがえすも惜しまれてならなかった。これから先ふたたびあのひとにめぐり逢うことがあるだろうか？　と彼は考えた。自分の心に、少女をきざみこんでおくだけで充分だ、と、さっきはあれほど思ったのに。

背中で、しきりにラッパの音がひびいていたが、友二の耳にはそれさえも聞こえていなかった。


夜。

やっぱり眠れはしなかった。おさげの髪が目の前にゆれた。そして床の中で、彼はふっと苦笑した。白鬚橋の上に、かわうその化けた女が立っていたという父の昔話をとうとつに思いだしたからだ。あんまり遠い昔のことで頭の中がジーンとしびれてくるようである。彼は静かに瞼をとじた。とじた瞼のうちに、くっきりと少女がうかび上る。キラキラと光るひとみ、白い歯なみ、セーターのえりもとから、白いブラウスの襟を清楚にのぞかせている。小柄だったが、スンナリと牝鹿のような体軀、まるまっちい頬の線、すこし赤毛のあつい髪……まだ二十歳《はたち》にもならないかもしれない。おしろいの色なぞすこしも見えず健康そのものの少女は、顔かたちだけをとれば、決してとびぬけた美人とはいえなかった。もっと美しい子は星のようにたくさん輝いている。が、しかし、眼も唇も、頬も、そして身体全体なんと親しげな光に満ちみちていたことだろう。

だまっていても、ひとりでに話しかけてくる眼、あのふしぎな少女の眼、その眼の微笑には、「ふるさと」にもにたなつかしさがあり、あたたかさがあった。たしかにそれが、いっぱいに満ちあふれていた。この「ふるさと」は、透明なまでに澄みきった彼女の心から、そのまま、にじみでてくるものにちがいない。

友二は、そこにひきこまれる。彼が娘の前で、とうとうなにも話すことができなかったのは、そのあたたかな美しさの中に思わず吸いこまれてしまったのと、もうひとつ、彼女の澄んだ瞳に、自分のうすよごれて醜いもの、さびついて荒れはてたものが、そっくりそのまま鏡のようにうつし出されているのをみつけたからだ。彼は羞恥で、ひとことの言葉もなかったのだ。

この世の中にも、あんなに豊かに親しげな、あんなに心美しく澄んだひとがいる！　と思ったとき彼は彼女のためにも、自分のよごれて醜いもの、ゆがめられて不正なもの、それらいっさいのものと、たたかいを開始しなければならないと思った。そうだ、うまずたゆまず常に自分をみがきあげていかねばならないのだ。娘に会ってから、彼はこのような義務を自分に課し、その義務をはたすべく責任を感じた。そうでなければ、二度とふたたび、あのひとに会うことはできないだろうと思った。たとえ、どこかでひょっこり会えたにせよ、今のままの自分では、少女の目の中に自分の汚いものがそっくりうつしだされ、その前にただ頭をさげてひれふすよりほかにない。おそらく、なにひとことも喋ることはできないだろう。たとえ、会えたにしても。

だが、ほんとうに会えるのか？　会うことが、ほんとうにできるのか？　もし会えなかったとしたらどうなるのだ？　……いや、会わなくともよい。会えなくともよい。たとえ二度と彼女を見つけることができなくても、彼女はいるのだ。この空の下に、たしかにいるのだ。それを信じよう。それだけでも、自分をみがきあげる理由が十分になりたつではないか。

彼は、ふたたび静かに目をとじる。

すると娘はひそやかに笑い、すぐそばに近よってくる。思わず胸がドキドキと鳴る。彼の耳に口をよせてささやくようにいう。

……大きな声で、いつもいつも泣いてるじゃない。涙をこんないっぱい！

……坊や、いい子、ごほうび、ね？　ほうら。

……だけど、もう泣いちゃあだめよ。

少女の声は聞こえる。

こんなにハッキリときこえる。橋の上の、わずかな時間があらためて彼の心に甦えってきた。

ふっつりと、イサムは泣きやんだ。そして、ふさぎこんでいた友二もぱっと目をあけた。

彼は顔をあげる。顔をあげたそのむこうには、今日を生きていることのなにかがある。明日へむかって生きる手ごたえがある。ありがとう、とそのひとことがいいたかった。いや、これからだっておそくはないだろう。そのひとことを、そのひとことだけでも伝えなければ……。どんなに苦心しても、もう一度見つけて。

しかし、どうしたらあえるのだろう。一体どこであえるのだろう。考えてみると、少女はあの時、「いつもいつも泣いてるじゃない？」といった。たしかにそういった。いつも、いつも、いつもというからには、彼女はきっとその以前にも泣いているイサムと、そのイサムを背にした彼を、何度かどこかでみかけているということになる。それが、いつみても泣いてばかりいるので、あの日、彼女はたまりかねてラッパの一つを持ってきてくれたのにちがいない。では、いつ、どこで見かけたのだろう？　友二はなおも考えた。すると突然、彼の頭を光のようによぎったものがあった。もし、彼女が彼を何度かみかけたとするなら、それは彼女がラッパをわたすことのできた橋の上でだ、と彼は思った。すると、ふたたび彼女をみつけることができるとすれば、それはやっぱり橋だ。あの橋の上よりほかにない。

2

つぎの日の夕方の白鬚橋、友二はらんかんにもたれている。

友二はイサムを背おっていなかった。イサムは母のもとにあずけてきたのだ。老いた母のひざの上で、あの子は、ゆたかな乳房をゆめみてまどろんでいることだろう。

彼は、橋の上に待っている。

一時間がすぎ、ついに二時間になる。が、あのひとは見えない。が、ある瞬間に、はっと胸をおどらせた。呼吸がのどにからまり、足がすくんだ。ガスタンクの町のほうから、こちらにむかってやってくる少女、やはりスンナリした体軀、赤くほてってまるまっちい顔……大きくうるんだ目……。息がつまり、身体中がジーンとしびれた。とっさに鉄骨の陰に身をよせた。女は彼の前をゆきすぎた。幸いなことに、ああ、人ちがいだった。いっぺんに力がぬけてしまった。しかし彼は、この瞬間に、はっと胸をすくませた自分をみつけて、むしろ、おどろきたじろぐ。これが恋？　おれは恋をしてしまったのではないだろうか。彼はたった一度だけ、ほのかな恋を感じたことがあった。恋というよりはむしろ片思いといったほうがいいかもしれぬ。遠いむかし、戦争がおわり、父が死んでまだまもない頃だった。焼けあとの路をふんで、見知らぬ女学生が毎朝学校にかよっていた。友二はそのときずっと年下だったが、この女の子がなぜか好きだった。女の子がむこうからやってくると、彼はだまって頭をさげた。見も知らぬ少年なのに、それがあんまりていねいなので、女の子も会釈をしてくれた。それが彼には忘れることができない。少女が通りすぎると彼はたちどまってふりかえった。そしてつぶやいた。あの子の上にいいことがありますようにと。

それなのに、すぐかたわらに突っ立っていた焼けのこりの一本の電柱よ、おまえのまっ黒な痛ましい姿が、なんと気になったことか。彼はやがて成人し、多少ともゆとりが持てたら、まっさきにこの焼けのこりの電柱をとりさり、路の両がわにきれいな花々をうえてあげよう、ゆきとかえりと女の子が、花園を通っていけるようにしてあげようと思ったものだ。

だが、何年たっても彼はすこしも男らしくなれず、そのうちいつか、あの電柱もなくなり、焼けあとはかたづけられ、今はあの路がどこにあったかさえもたしかめられないほど、そのへん一帯にみすぼらしいバラックがたちならんだ。そして、もう、女の子がそのあたりを通ることもなくなった。娘はまもなく胸をわずらって死んだ。彼女の年も名前も、ついにわからない。が、ふしぎなことに、目をとじると昨日のような新鮮さで、あつい夏の陽ざしと焼けあとの路と、そして、少女の姿がうかび上る。もう七、八年も前のことなのに。

……………

こんどは、友二は暗い町の中を歩いている。職をみつけにいく、と家にはいった。もちろんそれはある。だが、もしや、ひょっとしてそのへんで、あの娘にめぐりあえはしないだろうかという期待のほうが、はるかに大きく彼の胸にあったといえる。町は疲れて黒ずんでいた。煤煙がひくくたれこめて、軒から軒を這いずって流れていく。そして人々が歩いている。娘たちもせわしげにすれ違って通りすぎる。

しかし、そこにも彼女の姿を見つけだすことは望めなかった。ありがとう、たったそれだけをつたえれば、もうなにもいうことはないのに、たったそれだけなのにと思うと、とてもうらめしい。だが、心の奥底で、ほんとにそれだけなのかとききかえす自分も、友二の中にいた。

闇がひっそりとしのんで、また夜がくる。すると友二は、重い幻灯機をもって町の子どもたちの中へ足をむける。幻灯会――今までの彼のただひとつのよりどころだった。幻灯をみている子どもたちの無心な喜びの表情が、彼の毎日を支える、ささやかな心の灯だったのだ。もともと友二は子どもが好きなのである。まばたき一つせずに、子どもの目が無心に、まっすぐ自分を凝視しているのを見ると、彼はとまどう。その前ではけっして嘘はいえない。自分の心が、さえざえと洗われていくようだ。

この町の貧しい子どもたちには、ほとんど喜びがなかった。紙芝居のおじさんは、タダ見の子どもが一人でもいると、いつまでたってもはじめてくれない。公園のブランコはとうに鎖がきれて、すべり台はこわされ燃料にされてしまった。遊び場もなくて、しかたなく家にかえれば、母親は夜も昼も目を真赤にさせて内職だ。笑い顔なぞどこにもない。大人の社会の陰影は彼らの中にもまとわりつき、子どもたちは、その心がまだかたまらぬうちに、のびようとする芽をつまれ、しだいにひくつになっていってしまう。だから友二が幻灯機をかついでやっていくと、まるで凱旋将軍のようにむかえられる。未来の大人たちは、手に手に自分たちの坐るゴザをもって、ばらばらとむらがり集まってきた。幻灯機とフィルムは、この町の、すこしゆとりのある子煩悩なおじさんが貸してくれるのである。

近所の家から、電気のコードをひき、工場や学校の塀に、紙のスクリーンを鋲でとめて、

「そいじゃ、始めるよ」

と、いうと、いっせいに拍手が鳴りひびき、鼻をすする音さえもきこえなくなる。友二は

コマを一ツずつ動かして、物語をすすめてゆく。ある時には、ハモニカをふいて伴奏もいれる。演出も、音楽も、映写技師も、ぜんぶ一人仕事だ。子どもたちの夢は、この四角いスクリーンに息づき、すこしずつふくらんでいくのである。

その夜。

はじめて、天然色の幻灯をうつした。思わずみとれるような美しい色彩の画面だった。物語が最高潮にいった時、わっと子どもたちがさわぎたった。映写幕のケント紙の一方が、ストンとはずれてさがってしまったのである。

「しまった」

彼は、唇をかんだ。石塀に画鋲がきかず、しかたなくセロテープでとめたのだったが、かなりの面積のケント紙の重量が支えきれなかったのだろう。よくあることだが、なにもかも一人きりの仕事だったから、こうなると大変であった。

友二は、おちついて、まず幻灯機のスイッチをきって熱をさげ、予備球をつけて、足もとにおいたはずのセロテープをさがした。予備球はわずかな照明だ。それに、子どもたちがまわりをとりかこんでしまって、さっき用意したはずのセロテープがみつからない。

「ちょっと、そばへよらないでくれよ」

友二は、あせった。子どもたちは、好奇心で幻灯機のそばによってみたいのである。友二のひたいには汗がにじんだ。

そのときである。

「だいじょうぶ、もう、いいですよ」

とつぜん、はずんだ声が大きくきこえた。

友二は、すがるような気持で声のほうをみた。暗くてなんのことやらさっぱりわからなかった。ただ、わずかの時間に、たれさがった紙の一方が、もと通りになっていることだけたしかめることができた。通りすがりの人が、気をきかしてくれたものだろう。友二は、ほっと額の汗をぬぐい、すぐ機械のスイッチをいれて、物語をつづけようとした。明るい画面がまぶしくケント紙に生きかえったとき、彼は思わず息をのんだ。映写幕のすぐ右端に、彼女があのひとが、すっきり立っているのをみつけたからだ。動悸が高なり、頬が火のように燃えた。すると彼女は静かに会釈した。

「つづけてくださいね」

さわやかな声でそういった。

友二は嬉しくなって笑ってうなずいた。幻灯はつづけられた。友二は、すっかり興奮してしまっていた。自分の幻灯を、あのひとがみてくれている！　終わったら、一体なんと話をはじめよう。いや、終わりまでいかぬうちに、もしや、ひょっとして娘は消えてしまうのではないだろうか？　そしたらどうしよう？　いっそのこと、今日はこれでうちきりにしようか？　いや、子どもたちの前でそんなことはできない。不安とおそれとが交錯して、彼は、どうしてもおちつくことができなかったのである。

　でも、そんな心配は、まったく必要のないものであった。もちろん、彼女は最後まで見ていてくれた。決して消えはしなかった。幻灯機をケースにかたづけおえたとき、ニコニコと笑顔で彼女はこちらにやってきた。映写幕をはずして手におりたたみながら、彼女は友二のそばに近よってきた。今まで交わしていた会話を、そのままつづけるような気安さで語りかける。

「このあいだの泣き虫さんは？」

「今日は、家にいるんです」

「いくつなの」

「まだお誕生にもならないんです」

「そう、大きい赤ちゃん。それなのに、とっても泣き虫さんなのね」

「とっても寂しがりやなんです。あ、このまえのラッパ、ありがとう」

「あれでも、よろこんでくれたかしら」

「ええ、大よろこびです。あれ、とってもいいラッパですね、ぼくも、なんだかほしいな」

「あら、おかしい、大きいのに、まるで赤ちゃんみたいじゃない。でも、あの子、橋の上で、いつも泣いてばかりいるんですもの。すこし、あやしてあげたいなって、あたし、前から思っていたの。弟さん？」

「いや、ぼくは末っ子なんです。ですから、あれは兄の子なんです。だけれど……」

「――？」

「だけど、ぼくがイサムと一緒にいるの、前から知ってたんですか」

「ええ、そりゃ、たいてい毎日見ていたわ」

「ほんとう？　毎日まいにち」

「でもこのごろ、小さい坊やはいなくて、大きい坊やだけいるのまで、あたし、ちゃあんと知ってるのよ。うふッ……」

「あれ、どうしてですか、どうして知ってるんですか」

「だって、あたし、いきとかえりと、毎日二回ずつ、あの橋の上を通るんですもの」

「うそ？」

「うそじゃないわ」

「だって、ぼくのほうこそ知ってますよ。そんなはずがないってことを」

「じゃ、おかしいと思わない？」

「おかしいなあ」

「あたしは、橋の上を通っても、人間のかっこうはしてないの」

「えっ」

「あらあら、まだわかんないかしら」

「カワウソ?」

「この革ウソのかわほんとうのかわうその革、っていうでしょ。あのかわうそが、むかし白鬚橋の上で、女の子に化けて出たって話があるんです」

「まあ、ひどい！　あたし、かわうそじゃないわ。洋服もきてますし、それに、うそでないほんとの革の靴だってはいてます。ただし、古革ですけど」

「ふしぎだなあ」

「それに車にだってのりますわ」

「あ」

「わかったでしょ」

「わかった」

「ふっふふふ、あたし、あの橋の上をバスで通るの、いつも」

「その、バスの窓からみてたんですね。ぼくを?」

「ええ、そりや、いつもいつもよ」

「ひどいや、ほんとにひどい」

「だって、みえちゃうんですもの、しかたないわ」

「で、そのバス、どこまで行くんですか」

「墨田堤から泊橋《なみだ》まで」

「泊橋でおりて、どうするんですか」

「あら、こわい！　でも、それをいうと、あなたは、きっとがっかりするわ」

「そんなことない、絶対に」

「絶対に？　約束して下さる」

「ええ、約束しますよ」

「あたし、ね、工場で石鹸を作っているの。四〇マル、五〇マル、いろんな大きさの石鹸を、パラピン紙に包む包装工よ。家は、橋をわたってすぐむこうの水神森。バスで十五分。だけど、ときどき気持のいいときは、今日みたいに歩いてくんです。でも、バスの三倍近くも時間がかかっちゃうわ。ううん、今日はいいのよ。だって、とっても面白い幻灯を見せていただいたんですもの。オチビさんたちもほんとにうれしそうだった。いいなァ、楽しそうで、うらやましいなあって、あたし思ってたの」

「ヘエ、そんなに面白かったですか」

「ええ、とてもとても。あの子たちの目が、あんなに光っていたんだもの。そりゃ、あたしだって、やっぱりおなじよ。やってみたいなァ、あたしも」

「あのう、それじゃ、こんだ、手伝ってもらえますか。子どもたちが、きっとうれしがるし、ぼくは、もっともっとみんなを喜ばせてやりたいんです」

「よろこんで、仲間に入れさせていただくわ」

「それ、ほんとうですか。だけど、仲間といっても、ぼくひとりなんだけどな」

「ひとりじゃないわ」

「え?」

「可愛いいおチビさんたちが、いっぱいいるわ」

重くて暗いあたりの空気が、このとき、にわかに軽くなったようであった。ふわふわと身体が宙に浮きそうでさえあった。なにかが音をたてて、友二の心に燃えあがつてきた。そして、二人は約束したのである。明日という日の同じ時刻に、あの橋の上で会うことを。

「じゃ、さよなら」と、少女はかえりがけに、手をあげた。

「あした、また」と、彼もさりげなくいった。さりげない言葉で、「あした、また」が出てきたのである。そして二、三歩歩きかけて、友二は大変な忘れものをしたことに気づいた。彼女の名前をきくのを忘れたのだ。

彼は思いきって、少女を追いかけた。そして、すこしとまどいながら、こんどこそたずねたのである。

「ね、名前、君の、……なんていうんですか」

「あら、あたしの」

彼女はおどろいてふりかえり、ああそうだ、あたしも忘れていたな、というようにはにかむ。

「じゃ、あなたのお名前きいてから」

「ぼくは、あの、石田友二っていうんです。よろしくおねがいします」

「いいお名前、でも、ちょっと子どもっぽい！　あたしは、チエです。木村チエ」

「そう、なんだか、なつかしい名前だ」

チエ……木村チエ。何度も口の中にくりかえしながら、友二は幻灯機をさげて家に向かう。なぜか、からだが妙に軽かった。

今の彼には、疲労も不安もいらだちもなにもなくて、ただ、すきとおった心だけがあった。その透明な心のむこうには、たしかな手ごたえのある明日があった。明日は、どんなに素晴らしいことが待ちかまえているのだろう。今までの彼が、かつて知ることのできなかったまぶしい光で、明日は目の前にひろがっているようである。

歩いている友二の唇をついて、かすかな歌が自然にわきでてきた。その歌を静かに口ずさみながら、彼は暗い夜の町を歩いた。闇の中に、ガスタンクの火が真赤に燃えあがつて、その炎のふきあがる空には、砂金のようににぶく光った天の川があった。見知らぬ通行人が、彼とすれちがった。奇妙なことに、いきちがう人々の表情が、今夜はすべて明るく一様にはればれとしていた。彼女のおかげで、今はなにもかもあらゆるものが、豊かに富んで満ちみちている。ああ、こんなふしぎな夜が、今までのうち一度だってあっただろうか。

家にかえって眠れぬままに、彼は自分のノートを開いた。それは彼の第28冊目のノート。書くことがいっぱいありそうなのに、いざペンをとると、なにも言葉がうかんでこない。じっと頬杖をついて、しばらく考えていたが、やがて、彼は思いなおしたようにふっとペンをとって、つぎのような文字を白いノートに書きしるした。

——おねがいです。

今日のこのしあわせが、明日もあさっても、その翌日も、これからずっと永遠につづきますように。私ばかりでなく、木村チエさんの心の中にも。

3

白鬚橋は煙を吐きつづける。

ごぼごぼと、音さえたてて、アーチのきわからまっ白な煙を、かたまりのように吐きだす。ひとつまたひとつ、さらに一つと……それは、紐をたちきられた白い風船玉のように、つぎつぎと川下の空に吸いこまれていって、やがて紺青一色にとけこんでしまう。

橋が煙を吐くなどということがあるのだろうか。そんなばかな話はない、と人はいうだろう。なるほど、よく目をこらしてみると、煙を吐いているのは橋ではない。橋のアーチとかさなった千住の東京ガスの噴煙なのだ。だが、今日の白鬚橋は、その煙を自分のふところのおくふかくにかきいだき、まるで橋そのものが大きく息づいて、いまにも動きだすかのように見えるのである。しかし、なお大きく息づいているのは、その橋の上にいる石田友二の心だ。

彼は、さっきから、この長い白鬚橋の上をいったりきたりしている。二、三歩あるくたびに立ちどまり、ツマさき立って対岸の町をみる。まだかなと思うと、ドキッと心がひきしまる。きっともうすぐ、チエの姿は、小さく通りの向うから見えてくるだろう。彼女は、やはり昨日とおなじように、セーターのえりもとから、丸いブラウスの襟をちらりと白くのぞかせているのだろうか。紺色をした小さなスカートと、同色の靴をはいているのだろうか。通りのむこうからやってきて、橋の上の彼をみつけたら、笑ってこちらに手をあげてくれるのだろうか。そしたらどうすればよいのだろう。一体どのへんまできたら、話しかけてよいのだろう。まずはじめに、なんといって挨拶したらいいのだろう。「きのうはありがと」かな。それとも「こんにちは」かな。いやいや、はじめに、やっぱり彼女の名前をよぶのがエチケットかもしれない。

名前は、木村チエといった。その名のように生活の「知恵」が全身にあふれてピチピチとはずんだ娘だった。チエ、とその名をひとこと口ずさむと、にわかに心の中がはずんでくる。そしてその底から、湯のように熱いものがふつふつと身体中に流れだし、感動が胸いっぱいにこみあげてくる。そうだ。いつもいつもチエの名を口ずさみ、チエのことを思いつづけるのがよいのだ、と彼は思った。

すると、彼の心はいつになく、さえざえと洗われるだろう。それに「思えば思われる」という、ありがたいことわざもある。これから自分のすべてをかけて、彼女のことを〝思う〟ことにしよう。

だが、友二はふっと足をとめてしまう。

鉄骨の支柱によりかかって、眉をひそめた。もう約束の時間をいくらかすぎたかとおもわれる。時計がないので正確な時間はわからないが、午後も五時半ともなれば、橋の上は、工場をひけてかえる労働者の姿でまっくろにうずまるのだ。働く人々の波は、蟻の行列のように橋の上を流れ、一時も停止することなく進んで、煮つめたように暗い町へすいこまれていく。しかし、今はその波も消えた。いつしか空はあかね色にもえて、水面にもその色が落ちている。あかあかと水が燃えている。しかし、彼女はまだやってこない……。

友二の視線は、橋の上から対岸の一ヵ所にじっとそそがれていた。何本もの煙突が、グサグサと遠慮なく空に突きささり、クレーンが古城のようにいかめしく肩をはり、その奥の波形屋根の下では、溶鉱炉が炎をふきあげて燃えている。真赤な血の色だ。きっと、残業なのにちがいない。鉄をとかした金色の〝湯〟をとりかこんで、大ぜいの人が額に汗し、時間を忘れて、そこに働いているだろう。ギリギリとワイヤーのきしむ音、にぶいモーターのうなり、そして大歯車のひびき、人々のかけ声。それらがいっしょくたになって目の裏にとびこみ、耳のおくにまでひびいてくるようである。くろい屋根のつらなり、その一つひとつの作業場に働いている大ぜいの人々。それなのに、と彼は考えた。それなのに、おれには働くところがないのだ。おれは職なしなのだ。とたんに、目の前がボーッとかすんでくるようである。頭の芯が、キリキリとしぼられるようである。あまりのふがいなさで涙さえこみあげてくる。職なしは首のないのと同じなのだった。チエは、もちろん、そんなことは知りはしない。しかし、すべてを知ったら、彼女は急に悲しそうな表情をして、彼のもとから離れていくかもしれない。

ザワザワと、目の下で波しぶきが鳴った。

一そうのダルマ船が、ゆっくりと橋の下にあらわれた。何気なくみると、平形の船の上には人影はなくて、かわりに小さな七輪が燃えている。七輪の上には、白いゆげをはいてヤカンが煮えたち、その横に尻尾をまいた赤毛の犬が一匹、身体を丸めてねむっている。犬と七輪をのせて、船は油を流したようにくろい水面をすべっていく。それが、妙に彼の胸にきた。いつも水の上に暮らして、あの犬は死ぬまでひとりぽっちで終わるのかもしれない。まるでおれのように!

そうつぶやくと、彼はたまらなく自分がみじめで、やりきれなくなってきた。

このごろ、彼はひとたび自分の気持が暗い谷間に落ちこもうものなら、いっさいのものがズルズルと砂のようにくずれて、自分を支えきれなくなってしまうのである。彼女を待つのをあきらめて、もう帰ろうか、とも思う。だが、あのほほえみがのこる。それは消えさるものではない。なにも喋らなくともよいのだ、せめて一目なりと元気な姿を見さえすれば。そうすれば安堵が胸にひろがり、また当分のあいだの糧となってくれるだろう。でも、チエは、ほんとうにやってくるのだろうか。またしてもそう思う。不安が胸にしみこんでいく。

彼は、暗い心でさらにいろいろなことを考えあぐねた。こんな自分に、一度は同情をよせて近づいてくる娘があったにしても、彼が失業者であることを知り、さらにその心の陰うさに気づけば、おどろいて飛びたつように去っていってしまうかもしれぬと思う。彼女がなんとか踏みとどまってくれても、自分の沈んだ世界の中へ娘をさそい、まるっきりの他人まで、暗さの中へひきずりこむのだとしたら、それもたまらないことだなあ、とさびしく彼は思った。もし、チエがやってこないのだとすれば、これらの理由のうちのどれか一つにちがいなかった。そして、やはり彼女はやってこないように思えてならなかったのである。

しかし、彼のこのような迷いは、すべてひとりよがりな取り越し苦労といわれるものであった。ちょうどその時、一台のトラックが疾風のように橋上に走ってきた。と、友二の目の前でブレーキをきしませて急停車した。二つのライトを猫の眼のように光らせたトラックは、油で汗ばんだドラムカンをぎっしり満載して、まるで怪物のようにたけだけしかった。

友二はびっくりした。突ったったまま、のびあがって車の運転台をみた。白い服がちらとみえた。ぱっと勢いよくドアがひらいた。チエの赤い頰が目の前にとびだした。ぶつかりそうな勢いで、彼は思わず、二、三歩後ずさりした。そして目を見張ってしまった。白いネッカチーフできりりと髪の毛をしばり、やはり白い作業服にカスリのもんぺのチエ。そのチエが、微笑いっぱいにトラックからあらわれたのだ。

彼は、おどろきのあまり言葉がなかった。

「ああ、ごめんなさい。ほんとうにごめんなさいね」

彼女の目は、涙ぐんでさえいた。

そして、友二の目を一点にみつめたまま、左手を彼の前につきだした。友二はみた。真赤な艶の今にもはちきれそうなリンゴを。しかも、それを右手にも一つもっていたのである。二つのリンゴは彼と自分のと、そういうつもりなのかもしれない。

「あげる！」

チエはいった。

「これ、おわびのしるしに」

「ぼくに？」

「ほかに、誰もいないわ」

友二はためらった、少女の肩ごしにまだトラックがとまっている。その運転台から、陽やけした浅ぐろい男の顔が、こちらをのぞいているのだ。顎のあたりに白いものがちらほらとみえる男は、油だらけの作業帽の下からニヤニヤと笑っていたが、やがて「チーコ、チーコ」とよんだ。彼女にはわからない。すると、トラックは、いきなり激しく警笛を鳴らした。チエはあわててふりかえった。

「あっ、おじさん！」

彼女は、運転台にとんでいった。

「ごめんね。おじさんのこと、忘れるところだったわ」

「げんきんなもんだ。だが、おめえもなかなかスミにおけねえやな。はッはッははは」

「いやあ、ヘンなこといわないで」

「ありゃ、だれだい」

「男のひと」

「そんなこと、きかなくともわかるよ」

「じゃ、お友だち」

友二は、頬が燃えあがるような気がした。

すると、チエは、こんどは右手のリンゴをひょいと運転台の窓につきだした。

「や、こちとらにか」

「おじさんだって、友だちですもン」

「ふーん、そりゃすまねえ」

「いいわよ、こんどまた、乗せてもらうから」

「あれ、このやろうめが！」

はッはッと、作業帽の男は、豪傑のように勇ましく笑った。目尻にしわがより、顔中が口ばかりになった。そして友二にもひょいと手をあげて挨拶めいたものをしたかと思うと、たちまち、トラックはぶるんぶるんとうなりをあげ勇ましく警笛が鳴った。と、みるまに赤い尾灯をみせて、闇の中に突進していった。赤い灯は橋をわたり、小さくなっていって、たちまち闇に吸いこまれていった。チエはその後をしばらく見送っていたが、やがて、おそるおそるこちらをふりかえる。眉をよせ、下からのぞきこようにして、

「ごめんなさいね。とっても怒っているんでしょ」

「いや」と、こちらは、そくざにかぶりをふった。

「ちっとも、怒ってなんかいないけどさ」

「けど、やっぱしね」

「どうしてさ」

「だって、そら、なんにも喋ってくれない。コワイ顔してにらんでる」

すねたようにいったチエの声が、友二の中から、思わず、〝ふさぎの虫〟を追いだした。

彼は笑った。

チエは、するとほっとしたようにくつろいで、

「今日、急な残業があったの。どうしても抜けられなかったの。ほんとに、あたし、汗が出ちゃった」

「ああ、残業だったの?」

「ん。それをさ、ようやく一時間で抜けだして、手も顔も洗わないでよ、工場をとびだしたらさ」

彼女はそこで、さもうれしそうにニコッと笑った。

「そうしたら、ちょうど門の前を、運搬のおじさんの車が走っていくんだもの。あたし、とんでってよびとめたの。乗せてもらえてよかったなあ。ああ、ほんとによかった」

肩で息をはずませ、彼女はそこでぴょこんとかぶりをふって、またひとつ新しい息をのみこむ。空気を食べているようだ。やはり、チエは約束の橋にやってきたのだ。この上は一分もおそくなるまいとして、作業衣のまま、顔も手も洗わずに。

そういえば、なるほど、彼女の身体は石鹸のにおいに包まれ、白い作業服にも油の色がしみている。でも彼女には、それがまったく気になってないかのようである。〝女工〟ということに、少しも引け目を感じないチエ、友二はたじたじとする。そして、なんとたのもしく素直な娘だろうかと思う。

ふと気がついて、チエは、左手にもっていたリンゴをいきなり彼の目の前にさしだした。おわびのしるしとでもいうように。

「ありがとう」

友二は、喜んでうけとった。手にとって二つに割った。ぱしっとにぶい音。リンゴの汁が四方にとび散る。そして、その半分を、彼をそっとチエの手にもどした。

「そら、君も！」

「うわっ、うれしいなあ」

チエは、おどけたように肩をすくませて笑った。そして、リンゴをおしいただいてから、ばかていねいな最敬礼をしてみせた。で、彼もそれをまねてやった。

「あら、ひどいわ、ひどいわ」

だだっ子のように、少女は身体をゆすった。とたんに、視線がかちあった。なんと子どもっぽく光った、かげりのないチエの目。彼はほおを染めてうつむいてしまった。まぶしくてならなかったからだ。その時ガスタンクのほうで、にぶくサイレンがひびいた。ふりかえってみると、白い煙がまたひとしきりボワボワとふきあがるのである。……いつか、二人は橋の上を、ならんで歩きだしていた。カスリのもんぺの先に、彼女の運動靴の先が交互にあらわれ、それが夜目にもほの白い。

「君、石鹸のにおいから、生まれてきたみたいだよ」

「ああ、あたしのにおいね」

ふふんと鼻をならして、チエはいった。

「あたしの鼻、石けんのにおいだけは感じがなくなっちゃってるの。鼻の先へ石鹸をおしつけても、なんにもにおわないのよ」

「へえっ、なんにも」

「だって、毎日まいにち石鹸と暮らしているんですもの」

「たいへんなんだなあ」

「あたしの恰好、ほら、勇ましいでしょ？」

彼は、目でうなずいた。

「とっても立派だよ。そして、ぼくにもまぶしいみたいだ」

「まぶしい？　あたしが、ほんとう？」

チエは、ふいに足をとめた。彼は、むっつりとおしだまった。沈黙の中には、友二にとって、実はいちばん苦しい負い目がひそんでいるのだ。しかし今はそれをすっかり、彼女の前にひろげようと思う。自分のいっさいをさらけだして、そのさらけだした裸の姿で、チエの心とぶつかっていこう。

「あのね」

「え？」

「ぼく、いま職がないんです。失業してるんです……」

これでチエが去っていくのなら、それはそれでしかたのないことだと思えた。やがて、いつかはわかるのだから。しかし、ここで消えていく娘だとするなら、チエはおそらく、はじめから彼の心にふれてくることはなかっただろう。

「そうなの？……」

彼女は、静かにうなずいた。

「だから、働いている人をみると、特に石鹸のにおいのするあなたなぞみると、どうしても、劣等感みたいのが先にきてしまって……」

「ええ、それはそうでしょうけれど……」

友二は、そこでため息をついてしまった。

「だけれど」

と、チエはひくい声でいった。「働いてたって、決して自分の気持が満たされるものじゃないわ。紙みたいにヘナヘナになって一日が終わっても、自分ひとり生きていくだけがやっとなんですもの。人からうらやまれるような、そんな誇らしい気持はないの」

チエは、言葉をつづけた。

朝、八時。にぶいうなりをあげて、モーターがまわり、ヒタヒタ……と一直線に目の前を流れてくるベルト、厚いみどり色のベルトコンベア。その上に、二列にならんで手もとにおしよせてくる石鹸は、取っても取っても少しも減ることを知らない。それをつぎつぎとガラガラ紙(パラピン紙)に巻いて包む。いつも目の前が走っている。走っている。はじめての者は、この流れをみているだけで、たちまちめまいをおこしてしまう。それに、包装紙は、薄いけれどひどく鋭利だ。一日やると指がしびれ、やわらかなひふがすりむける。ばんそうこうを通して血がうす赤くにじむ。おもわず「ほうっ」と深い吐息。疲れきった目を、天井の明かり窓にむける。

「すると、天井がスーッと目の前を流れていくんです。身体が、今にも倒れそうになるんです。気がおかしくなりそう。でも、工場には、そうして毎日まいにち石鹸を包んで、もう十八年にもなる人がいるわ」

「十八年も」

「恋愛を結婚もないの、ただ、流れてくる石鹸を、パラピン紙に包むだけの人生。だけどね、その人たちったらすごく早いのよ。あッというまにもう包んじゃうの。それに、包装紙のおり目のカドがピィンと立って、まるでウサギの耳みたいにきれいなの。もしも、あたしたちにちっちゃな〝誇り〟ってものがあるとすれば、そんなもんじゃないのかしら」

「そうしたら、ぼくら、なんのために生きているんだろうな」

「なんのために？」

「生きていることの意味がわからなくなっちゃう。なんで生きなければならないのかって」

「あら、そうなの？」

彼女は足をとめた。まじまじと彼を見すえて、

「そうなの、……そうなの？」

と、口の中で小さくつぶやく眼に涙がにじんでいる。やがて、彼女は友二にいった。

「でも、生きたいんです、あたし」

そして、さらに言葉をつづけたのである。「なぜだとか、どうしてだとか、そういう疑問はあたしの毎日にはないの。そりゃ、いつも働いて生きているという現実だけを取ってみたら、とってもつまらなくて苦しくて、なんにも面白いことなんかないかもしれないわ。でもさ、面白いことって、どこからやってくるんだろうって、あたし思うのよ。そうすると、それはどっか別の世界にあるんじゃなくて、やっぱり、毎日の苦しい生活の中にあるのよね。苦しいことや、悲しいことにたえて生きていくことの中にまた張りあいだって感じられるし、みつけることができるんだわ、きっと」

友二は、なにもいえなかった。自分がただむやみになさけなく、恥ずかしかった。そして、まぶしいみたいな尊敬の気持をこめて、チエの顔をみつめた。

「あなたがさ、オチビさんたちのあいだで、ほら、幻灯をやってたでしょ？　偶然にもそれみたとき、あたし、おどろいちゃったの。だって、みんながほんとうに嬉しそうに目を光らせているんだもの。それにあなたの顔、すごく輝いていたわよ。いいなァって、あたし思った。そんな場面をみることができて、うれしかった。とっても」

そういってしまってから、チエは急に頰を染めた。

彼女は歩きだした。友二もつられたように、彼女の後につづいた。

彼は思った。この小さな娘の身体には、なんとふくよかな活力があふれているのだろう。生活を足の下にふまえて、なんといきいきと躍動していることだろう。友二にとってそれは、光そのもの、生命そのものにみえた。それを、ほんの少しでも自分の中にもらうことができたなら、どんなに元気が出てくることだろうか。二人は歩いた。歩いているということさえ忘れて、話しながら町を歩いた。町はどこまでいっても、ひしゃげたようなくろい屋根がつづき、窓の外から、さまざまな生活が一目でみえた。どの家も軒がひくくて、床が地中にめりこんでいた。頭がつかえるようなひくいガードの上を、百雷のような音をたてて東武電車が走っていった。大地がミシミシとふるえたようだった。ガードをくぐってしばらくいくと、コンクリートでかためた大きな鳥居にぶつかった。鳥居をくぐって、ものの二、三分といかないうちに、チエは急に足をとめて、彼をふりかえった。長屋の一軒には、電気の光が窓硝子ににじんでいる。

「きたない家でしょ?」

「え」

と、友二はとまどった。

「ここ、あたしの家よ。きたないから、ちっとも遠慮がいらないの」

まさか、そこが彼女の家だとは思わなかった。色の黒い小柄なチエの母は、玄関の外でためらっている友二に、

「まあ、まあ、あがんなさいな」

と、目尻にしわをよせて、きさくに室内へと招く。友二は、この母の気安さにひかれて、

つい頭をかきながら部屋に上った。

三畳と六畳の二間きりのチエの家――それは、特に変わりばえはしないのに、どこもかしこも、整理され、オレンジ色の空気が、目に見えるようであった。貧しいけれども、どことなくゆたかなふくらみは、たしかに、チエがいることから生まれているように思われた。そういえば、やはり、部屋のすみずみにまで、チエのにおいがある。

せまい家の中で、チエの母は仕事をしていたのだった。チエと同じように、小柄でまめまめしい母は、子どもが働きに出ている家で、一日中仕事をしているのにちがいない。仕事の材料が、部屋の一隅にひろげられている。その上には、一枚の新聞紙がかぶせてあった。友二は、何気なくそちらをみて、たまち目を輝かせた。

「やあ、マジック・ラッパを作っているんですね」

イサムをあれほど喜ばせ、友二の心をひきつけた可愛いいラッパの吹き口が、新聞紙の下から、おどけたようにはみでている。友二は気がついた。あのラッパも、やっぱり、この母の手を通じて作られたものにちがいないと。すると、彼はふしぎな親近感を覚えたのである。そして、たまらなくラッパにふれてみたくなった。チエの母は、かぶせてあった新聞紙をはらいのけた。金属製のラッパが、きちんと山積みにされてあった。しかし、まだ未完成品だ。これから青いふさふさのついた紐を、むすんでいかなければならないという。

「どういうふうにやるんですか」

「あとは、これをつけるだけで……」

と、チエの母は、笑いながらいった。友二の見ている前で、手ぎわよく、一ツに紐を通してむすんだ。しわだらけの実に大きな手だった。友二は、その早さに感心し、手の大きさにまたまた目を見張った。

「ぼくもひとつ、やらせてください」

彼は、ひざをのりだした。そして、ぶきような手つきでラッパと紐をいじくりだした。が、なかなか思うように、紐がラッパの穴をくぐってくれないのである。すぐ先にかがまってしまう。

「むずかしいですねえ」

「いいえ、なれちゃえば、大したことはないんですよ」

目尻にいっぱいしわをよせて、チエの母は笑った。なんとなく、友二は自分の母が横に坐っているような気がした。特別ふかい話をしたわけでもないのに、もう彼の心はこの家の中でごく自然にくつろいでいた。チエは、台所のくらいところにいる。カタコトと、なにかをきざむ音が、こちらにきこえてくる。

「かあちゃん」

チエの声だ。

「なんだね」

「どうやら、かあちゃんのほうが腕がよさそうね。うふふッ……、素質かな」

「つまらない素質だね」

「ラッパの紐つけじゃ、カアちゃんの方が達人でもサ、石田さんはね、幻灯やったら最高よ、すごーくうまいんだから」

「げんとう？」

「ああ、そうか、知らないのネ。ほら、紙芝居みたいに写真を大きくうつしてさ、それにあわせて、解説していくのがあんでしょ」

「ああ」

「あれよ。あれっても、そうだ、カアちゃんは、まだ一度も見たことがないんだっけ。こんだ、家で、おチビさんたちを集めてやってもらおうかしら」

「それはいいねえ」

と、母はいい、

「サイコウっていうのを、ひとつ、見せてもらおうかね」

「うへ！　まずいなァ」

友二は、つい舌をだして、また頭をかいてしまった。

天井に吸いついたような柱時計が、重い音をひびかせて、八時を知らせた。するとそれを合図にするかのように、玄関の戸が勢いよくがらッと開いて、チエの弟が勇ましくかえってきた。彼は大きな身体で、大人びたふとい声だったが、口もとには、まだ子どもっぽさがぬけきらずに残っていた。おまけに彼は、片手にタイヤキの袋を宝物のように大事そうに持っていて、大いに自慢気であった。友二の家とおなじに、父のいない小人数のチエの一家は、これで全員そろったことになるのだという。

小さな食卓をとりかこみ、そこに客を加えて、一同はタイヤキを頬ばり、チエの作った焼きめしをたいらげる。客もまた、まるで、この母の子の一人のようである。チエの頬は輝いていた。その輝きは、そっくりそのまま友二の頬の上にもある。彼は、こんなに心のはずんだ夜を、かつて今までのうちに知ることはできなかった。肉のかわりにさつまあげをあえた焼きめしだったが、これも実においしかった。かみしめる米のひとつぶひとつぶにチエのぬくもりが感じられたからである。

4

友二は思うのだが、人はこの世に生きてあるかぎり一歩一歩、一日また一日と、たえまなしに死にむかってすすんでいく。

だから、生まれるとすぐ、墓場に向かっての行進がはじまるということにもなる。それは一面の道理であり真実である。しかし、生きているということは、ただ、死にむかって進んでいく歩みでしかないのか、と彼は考える。それだけだとしたら、いっさいの希望も喜びも色あせて、たちまちしぼんでしまうにちがいない。いや、人生にはけしてそれだけではない積極的な意味がある。

チエが、目の前にあらわれてからというもの、彼の毎日のあゆみは、少なくとも墓場に向かっての行進ではなくなっていた。自分がひとりっきりになり、ともすると気持が沈んでくるとき、（生きたいんです！　あたし）そういう声が、かならず、あざやかな余韻で胸の奥にひびいてくる。いつもいつもチエを思い出す瞬間に、その声が彼の心をゆすぶって、また新たなものによみがえる。たしかに、今の彼は生きているのだ。ピチピチと躍動するような生にむかって進んでいるのである。生きていることのほんとうの意味が、ここにあった。

そして、秋はしだいに深まっていった。

心をはずませて、二人は会った。ただ一つ、苦しくつらいことがあるとすれば、それはさいごに、おたがいのどちらかが「またあしたまで、じゃ、さようなら」という時であった。しかし、二人が心待ちにするその明日は、いつでも、かならず橋の上からやってきて、彼らの前に、ひょっこりその姿をあらわした。明日は常に快晴にめぐまれて、はればれとした表情で二人をむかえた。

——私は、とてもキタナイいやなものを、いっぱい身につけている。

と、友二は、じぶんのノートに書きしるす。

――そんな私が、このごろ、君のことを思っては、きれいになりたいな、と考える。なにか、とても怠惰な心になったとき、私はおもうのです。こんなこと、きっとあの人はきらいだな、と。いつも家にいると、どうしても気持が沈みます。そんなときに、母がちょっとした用事をいう。たいていはウンとこたえて、素直にいうことをきくのだけど、気分の滅いっているときや、頭がどんより疲れているとき、私はオックウになってつい、いやだなと思います。それを口にしてしまうときもある。すると、母が怒る。私もつっけんどんに言葉をかえす。

「しらないよ」と。

そういってしまってから、はっと息をのみます。君の、ちょっと眉をひそめた悲しそうな表情が心にうかんできたからです。私はうなだれてしまい、もう二度と、こんなことはしないぞ、と、自分にちかうのです。

私の、いじけた、とてもきたないサビだらけの心が、君のおかげですこしずつきれいにみがかれていけそうです。ほんとうにありがたいことです。君に恥ずかしくない人間になりたい。

そして、早く仕事をしたい。ああ、私の腕は、働きたくてこんなにムズムズしているのに……。

チエが工場に働いているので、今のところ、彼らは週に二度、水曜日の夜と、日曜日の午後を、デイトにきめていたのである。日曜日には、彼らは土手で幻灯の練習をし、また、さいげんのないお喋りをつづけた。一銭の金もいらなくて、いつまでも坐っていられるところは、荒川放水路の土手だった。

そして、彼らは、いつでも白鬚橋の上で待ちあわせる。おたがいに、約束の時間を五分以上おくれたことがなかった。ただ一度だけ、事故があった。ついでに、その事故のことも、ちょっと書いておこう。

ある日曜日の午後、友二は橋の上にやってきた。チエはいない。五分が十分になり、十分が三十分になっても、まだチエはこなかった。小一時間したら、道のむこうからチエの弟が、自転車を走らせてやってきた。友二にぶつかるように急停車すると、彼はニヤニヤ笑って、

「姉ちゃんがな、足をくじいちゃって」と、いった。

「階段から落ちたといってくれだってよ。だけど、ほんとはちがうんだぜ。階段は階段でも、竹馬の段だよ」

「竹馬?」と、友二はききかえした。

弟は目尻をへの字にした顔で、クスクス笑った。弟の話によると、チエが出かけようとしたとき、隣家のセガレが、高い竹馬に乗ってやってきたのだという。このセガレはアゴが長くて俳優の嵐寛寿郎ににているので、近所で〝嵐寛〟とよばれているいたずら者だ。

「やい、高えだろ」

嵐寛が、チエに自慢した。

「なによ、それっぽっち！」

チエがこたえた。じゃのってみろ、ということになった。見ていなとばかり、チエはスカートで靴をはいたまま竹馬にのった。さっそうと二、三歩あるいたとたん、皮靴がツルッとすべってバランスがくずれた。落ちたまま、チエが足をかかえてうなりだしたので、嵐寛は、びっくりして大声をあげたそうである。これが、たった一度の事故のあらましである。だがこの失敗には、チエの面目躍如たるものがある。

水曜日の夜。彼らは、幻灯機をかついで橋をわたり、暗い町中へ歩いていった。

闇一色の町のあちこちで、二人は小さな灯をかかげる。あたたかな一点の幻灯のあかり。それはほんのわずかな照明でしかないのに、灯をみつけて、夏の羽虫のように子どもたちがあつまってきた。彼は、何十人となく、びっくりするほど遠くからやってくるのである。時に二人が語りあいながら町をいくと、道ばたに遊んでいた見知らぬ子どもたちまでが、歓声をあげて近よってくる。

「あ、幻灯のネエちゃんたちが歩いてらあ」

「こんだ、どこでやるの」

「ね、いつやるの」

二人の背後をどこまでもついてきて、離れようとしない。さすがのチエも、これには参ってしまう。今日は土手下の長屋、来週は火の見の下の横町、次の週はT工場の裏、というぐあいに、水曜日の予定は隙なく、ずっと先の予約までとびこんでくる。

第三水曜日の夜がきた。この日、町のはずれにある酒造工場からたのまれていた。歩いて三十分ほどもある、少し遠い不便なところだ。ほとんど足をふみいれたことのない未知の町なので、あんな所に子どもたちが集まってくるのかしらんと、おもう。それでも約束は守らねばならない。歩きながら、重い幻灯機を右手にぶらさげた彼が、額に汗をにじませているのをみると、

「こんだ、あたし持つよ、ね」と、チエはいう。

「いいんだ、大丈夫だよ」

友二はそういったが、ついに二人で持っていくことになった。そして、それは、まるっきり重さを感じないほどだった。

酒造工場は、はじめてでも、すぐわかった。甘ずっぱいようなそのにおいが、町の空に漂っていたからである。二人は小犬みたいに鼻を動かして、まっしろなコンクリート塀の工場にたどりつくことができた。門の横に二人を出むかえてくれた男は、赤ら顔の青年で、グローブのように大きな手が、ふしぎに印象的だった。その青年の後につづいて、二人は歩いた。酒造タンクが、どっしりと並ぶ工場の広場を、縫うように歩いていくと、ボイラーがしゅう

しゅう白い蒸気をはいていた。ボイラー室の二階が会議室になっていた。ハシゴのような垂直の階段がある。下までいって、ふと足元をみたら、そこにならんでいる小さな下駄の数の、なんとものすごいこと。これで、チエは丸い目を大きくさせてしまった。

今夜は労働組合王催の子ども会であった。ほとんど、ここに勤めている人の子どもたちだという。下駄の数から想像すると、ざっと百人を越えるかもしれない。せまい階段を身体をハスカイにしてのぼっていって扉をあければ、小さな顔と、顔と、顔が、わっと洪水のように、こちらに押しよせてくるようであった。

みんな、のびあがって二人をみた。煤けたような黒い顔で、いっせいにニコニコと笑った。というのは、チエがやはり親しげに笑っているのを見つけたからだ。チエにしてみれば、子どもたちがいるから笑ったのではなかった。彼女じしん、この子たちの顔をみたら、急にうれしくなってしまって、それがつい表情に出てしまったということだろう。だが、これで、なにひとこと喋らぬうちに、子どもたちと二人は、たちまちむすびついた。

友二は、すぐに白布をひろげて、画鋲で壁にとめた。そこへ組合の人がやってきて挨拶をする。しかし、子どもたちは興奮してはしゃぎまわり、場内は一向に静まるけはいがない。この騒然とした雰囲気をととのえるためには、小柄な彼女がバンビのように、彼らの前に出ていく必要があった。チエは、例によってぴょこんと頭をさげる。

「みなさん、こんばんわー！」

ひとことずつくぎって、はずんだ声で、彼女はこれからやろうとする幻灯の物語を、かいつまんで説明した。

「このネエちゃんと、あのおニイさんが、これからやるお話は〝空気のなくなる日〟……空気がなくなったら、みんな、どうなっちゃうか知ってる？　知ってるひとは手をあげてごらん」

「はい！」

いっせいに、小さな手が林立した。なかには、両手をあげている子もある。

「今ここでサ、空気がなくなったら、どうなっちゃうかしら」

「死んじゃう」

子どもたちは彼女をみつめたまま、あげた両手をおろしもせずにそうこたえた。

「そら、大変」と、チエは、大きな目玉をまわした。まるで、目が顔中をかけめぐるようだ。それをみて、子どもたちは、わーッとはしゃぐ。

「空気がなくなったら、ほんとに大変だねえ。みんな、いっぺんに死んじゃうもんねえ。今からはじめる幻灯は、そういう大変な時のお話。だから、おわりまでちゃぁんと、静かに見ていてくれなくちゃイヤよ」

「ＯＫ」

ませた黄色い声が、うしろのほうで上った。

ひょうと口笛が鳴った。口笛は、いちばん前列に坐っていたイビツ頭の少年だ。鼻たらしで青鼻をいったりきたりさせている。気をきかして、チエがポケットからチリ紙をとりだすと、この子はニッと笑って、赤い舌でペロリと鼻汁をなめこんでしまった。と、同時に電気のスイッチが消えた。

あたりはまっくら。幻灯機の光源が、友二の横顔をてらしだし、台本にわずかな光をなげかける。友二の横顔が赤くほてっているのは、電気の光のためだけではない。彼のはりつめた気持のせいだ。子どもたちの大きな期待と喜びの頂点にあって、しかも、気転のきく歌のうまいチエを得て、こんなにたっぷりと気持の充実した幻灯会は、今夜がはじめてだ。

ぱっと、スクリーンに大きなタイトルがうかびあがった。

「……みなさん。これは、皆さんのお父さんやお母さんが、まだ子どものころ、お米のネダンが、一升十五センもしなかったころのお話です」

友二のすこしふくんだ声が、会場の隅ずみにまでひびきわたった。彼はつづけて台本の第一ページをよみはじめた。台本はよむといっても、もう何度か練習をつみかさねているので、ほとんど見る必要がないくらいであった。そして、チエが、隣りで手ぎわよくコマをまわす。

画面がうごく。第2カット。田舎の小学校の用務員さんが、あぜ道をあわくって、鉄砲玉のようにとんでくるところだ。

「タ、タ、大変だ。早く校長先生サマに話をしなくちゃ……」

用務員さんのあたまに、湯気がぽっぽっとふき出ている。額には汗が玉になって光っている。が、あわくった声はチエの声だ。ここで、コマはさらにまわって、3カット。つぎは校長をみつけて、その前に、衝突せんばかりにかけよった用務員さん。

「校長せんせいサマ。とんでもねえことになりやんしたぞッ」

「なんだ、おまえ」

友二の声は、ひくくふくんで威厳がある。「また、貯金の金でも落としたのか」

「なんと、貯金どころじゃねえ、近えうちに、どえれえことがおこりやんすぞ。まあ、落ちついてきいてくだせえ」

「なにいうんだ。お前のほうがよっぽどあわてくさってるぞ」

「実はな、校長先生サマ。近えうちに、この世の中の空気ちゅうもんが」

ごくり、とチエは生つばをのみこんだ。その音が友二にまできこえた。それほど場内は静かで、鼻をすする音さえもなかった。

「空気ちゅうもんが、ぜんぜーん、なくなってしまうちゅうこんですぞ」

岩倉政治原作の〝空気のなくなる日〟は着色マンガで、これは急テンポで、つぎつぎと画面が変わるところに特徴がある。子どもたちは身じろぎもせずに、画面にむかっている。友二は校長先生になり、村の大地主になり、チエは用務員さんになり農民になり、歌もいれ、ハミングもいれる。おまけにニワトリの鳴き声まで。

そして、ハレー彗星が近づき、その引力によって、地球上の空気が残らず吸いとられてなくなってしまう〝大変〟な時が、いよいよやってくるのである。チエのハーモニカが不気味に鳴りだし、画面には大きな柱時計。その針がすすみ、

「カチ、カチ、カチ……」

時計の秒のきざむ声をいれているのは友二。ここで36カット。お寺の和尚さんはナムマイダをくりかえし、校長先生夫妻も、両手をあわせて拝んでいる。ところが、この村の大地主一家は、町の自転車屋からゴムチューブをすっかり買いあさり、空気をパンパンにつめこんで、浮き袋のように何本も肩からかけ、上目づかいに柱時計をにらんでいる。時計の長針が、もうじき短針とかさなって問題の十二時になろうとすると、

「そら、一分前だ。みんな、チューブを口にあてろ！　まあてまて、今から吸っては空気がもったいないぞ。十二時打ったら吸うんだ、わかったか？　あッ、十二時だ。そら吸え」

二人は、口をそろえて、

「スウ、スウ、スウ、スウ……」

子どもたちのどよめきと、笑い声。部屋の中は騒然となる。チエは、ちらりと友二の顔をみた。ニコッと笑った。うまくいったわね。チエの眼が素早く語りかける。彼もそれに答えて小さくうなずいた。呼吸が一つに重なったうれしさ。友二は、思わず涙が出そうになって困った。

そして、空気はついになくならなかったのだ。地だんだふんでくやしがる地主の泣き顔。チューブを買うことのできなかった貧しい農民たちの、腹をかかえての大笑い物語は、ここ

でおわるのである。

明治時代に、ハレー彗星が近づいて、空気がなくなるという話は、小さい田舎の町にたしかにあったのだそうだ。が、それは、不景気でどうにもならなくなったチューブ屋さんの一人が、ハレー彗星にかこつけて、冗談まじりに考えついた商売の手が、意外にひろがったことのようである。

耳のつつぬけそうな拍手がおわると、子どもたちは、組合の人の挨拶なぞ見むきもせず、いっせいに、幻灯機のまわりにむらがり集まってきた。好奇心いっぱいの表情が、無数に前からも後ろからも、上になったり下になったりして、二人をとりかこむ。

「おネエちゃんたち、こんだいつくるの」

「また、ここへくるの」

「こんだ何やるの」

口々にたずねて、答えることもできはしない。小さな手が、おそるおそる幻灯機にのびる。機械の余熱で、さわったとたんに、わっと手をひっこめるが、その時はまたつぎの手がのびている。このふしぎな機械にさわってみるだけでも満足なのか。楽しみのすくない子どもたち……どんなに苦労しても、もう一度ここにやってきたい。なんとか都合をつけて、この子たちの期待にこたえてあげたいな、と友二は、あらためてそう思わずにはいられなかった。もちろん、チエと二人でだ。

子どもたちの波をかきわけるようにして、さっき、彼らを案内した組合の青年がやってきた。例のグローブのような大きな手で、額におちた髪の毛をかきあげながら、

「やあ、実におもしろかったです」

と、目を細めていった。

「はじめてですか、幻灯は?」

「はじめてです。なかなか楽しいもんだと、組合の連中もたまげてます」

子どもたちをかえしてしまうと、さっそく後かたづけが始まった。青年がキビキビした動作で、中心になって動いた。部屋のまわりによせた机も、元の位置にならべられた。大勢なのでみるまにかたづいた。

「まあ、一服してってください」と、彼らは、その中心に友二とチエを坐らせ、自分たちも坐った。やがて、ひげの濃いロイドメガネの男が、両手に大きなヤカンをさげて、階段を上ってきた。各自の湯のみ茶碗に、なみなみとついでくれる。とっぷりとした飴色の液体だった。

「こんどは、われわれの作品をおみせしましょう。今、タンクから出したての、ホヤホヤですからな。ま、おニイさんのほうからひとつ」

「あらァ」

チエはびっくりして、声をあげた。「水じゃないんですか」

「いや、もとは水ですよ、ちょっとからいですが、でも、たまにこれをやると、いい声にな

るそうですよ、妹さん」

で、この妹は、隣の友二にならって、ちょっぴりのんだ。

「うわァ！　おいしいや」

「え？　ほんとですか」

「ほんとうよ。あたし、こんなにおいしいお酒はじめて」

男たちは、これで、たがいに顔を見あわせた。

「ありがたいなァ」

グローブの手の青年が、はずんだ声でいった。

「この機会に、どうです。なにかひとつ、われわれに歌をうたってくれませんか？　そうすると、みんな、もっとありがたくなるんですが」

「異議なし」

元気のいい声があがった。そして、いっせいにチエをみた。これでは、黙ってかえることはできない。チエは赤くなった。が、ちょっと友二のほうをみて、いい？　と、目でたずねた。友二は微笑した。実は、彼も「異議なし」と元気に発言したいほうだったのだ。すると、チエは、ほとんど臆するところもなく立ち上がった。

「どんな歌がいいですか」と、みんなにたずねた。

「あんたの一番好きな歌」

すかさず、メガネの男がこたえた。

「あたしの一番好きな歌は、工場に働く貧しい娘のうたよ……」

そして、チエは言葉をきった。顔をあげ、胸をはり、すこしの時間に呼吸をととのえ、やがて静かな調子でうたいだした。

死ぬまでに一度でよい
美しい着物がきたい
真黒になって働いているわたしなのに

死ぬまでに一度でよい
お金がほしい
そしたら母さんを
温泉につれていくのに
死ぬまでに一度でよい
幸せな年がくるように

作業服の男たちは、じっとうなだれて、その歌に耳を傾けた。

チエがうたいおわっても、彼らはなおしばらくのあいだはそのままの姿勢で、だれもひとこともいわなかった。その歌は、たしかに友二の心の中にも、底ふかくしみこんだのだ。労働者たちの作った美酒の香りとともに。

どんなに長い年月を経ても、友二は、この夜のことを忘れることはできないだろう。

5

それからしばらくして、友二は、働くことになった。

ようやく、彼にも働く場所がみつかったのだ。白鬚橋をわたったすぐ川沿いにある鉄工場の、見習工としてであった。働く、ひとことでいえば、それだけでおわってしまうこのみじかい言葉の中には、しかし、なんとたっぷりとした重いひびきがこめられていることだろう。働く場所をもたない者にだけ、もっとも切実な実感として、このひびきが感じられるのである。

たとえば、町を歩いてみる。ごくしぜんに、何人かの見知らぬ人がきぜわしくすれちがっていきすぎる。だが、その人たちは、あの人もこの人も、みんなそれぞれなんらかのかたちで働いており、一定の目的をもってうごいているのであった。友二はそれらの人とすれちがうだけでも、なんとなく引け目を感じ、自分のふがいなさとはがゆさとを、感じないわけにはいかない。

ことさら、チエが彼の前にあらわれ、そのふれあいが日ごとに深められ、一日いちにちがまぶしく充実してくればくるほど、しぜんと視線が足もとにおちてしまう。おれはこの世の中から締め出されているのだと思うと、チエがなんといってくれようとも、たまらなく自分が空虚になる。頭をかかえて、ズルズルと後じさりしたくなる。おれにはチエはまぶしすぎると、彼は思った。よく考えてみれば、そんな自分の中に彼女がやってくるということ自体が、そもそものはじめから、ありえぬこととおもえるのだ。

ほんとうなのだろうか。夢でも見ているのではないだろうか？

友二は、声に出してまでつぶやく。

彼はまだ、自分の中にやってきた娘の心を、そのしあわせを信じることができないでいるのだ。けれども、できることなら、けがれのない澄んだ心で、せいいっぱい両手をひろげてチエの思いをうけとめ、こたえていきたいとおもう。そのためには、毎日まいにちが、このようにうつろであってはならないとおもう。そうだ。いまは、なんとしても働きたい。自分じしんの足で、力で、ほんの少しでもよい、きびしい現実の中を歩いていきたいのだ。

折わるく、イサムが病気になったのはちょうどその頃だった。イサムは連日高い熱におそわれ、ぜいぜいと苦しげに息をつまらせて、あえぎつづけていた。医者にみせても、一向にききめはあらわれなかった。その枕もとで、夜ささやくように、兄夫婦の会話のはしばしが、友二の耳にきこえてくる。彼はおもわず息をひそめる。小学校の給食婦をしている義姉は、ひるまの仕事をやめようかどうしようか、といっているのである。

「そうだねえ、そうするか」

と、兄のひくくうなずく声が、思案げにきこえる。

友二はさらに息をころし、闇にくっきりと目を見開いて、その言葉の先を追っている。が、どこまでいっても、彼のことはすこしも話題に出てこないのである。ふしぎだ。職を失っていれば、それだけ荷は重く家計にひびき、余分にかかるはずではないか。義姉が仕事をやめるかやめまいかという時に、彼の失職が二人の話題にのぼらぬはずはない。それが、まるで申しあわせたかのように、ひとこともふれられないという不自然さ。二人はたがいにさけているのだ。話が友二のことに及ぶのを。

「ああ……」

と、彼は深い息をはいた。

「おれは、どうしたって働かねばならないんだ」

そして、ぼんやりと友二は町を歩いた。〝見習工募集〟という看板が、ひょいと目の中にとびこんだ。

白鬚橋をわたってすぐの川ぞいの、鉄工場の白塀にだった。彼の意志はきまった。

友二はすぐに門をくぐり、人事課をたずねたのである。口ひげのいかつい男が何枚かの書類とタバコを手にして現われた。神経質にチリチリとタバコを吸いながら、男は目をほそめて友二にいった。見習工は、ほんとうは十八歳位までを対象にしているので、あなたでも別にさしつかえはないが、日給は対象以上にはらうことはできない、と。

「で、それは……」

友二はたずねた。男は二本指をたてて、ふッふッとむせるように笑った。

「あとは、夜なべ、これが決め手ですよ。うちじゃ一日二百円の者でも、給料日には一万円以上の給料袋を手にしてゆきますよ。一日二百円で二十五日なら、やっと五千円というのが当り前だが、残業でドンドン水増しししていくんです」

友二はだまってそれをきいた。身体の芯が、さむざむとひきしまってくるようだった。しかし彼には、もはや身を引く場所がないのだった。とにかく、人がやっているんだからと、胸中をくりかえした。

「おねがいします」

ひくい声でいった。

……………

こうして、友二は見習工として、来週から中河鉄工所で働くことになったのである。二十一歳にもなって見習工というのは、考えてみればずい分不利だったが、早く仕事を覚えてくれれば、それだけ早く一人前の機械工としての条件を考慮しよう、ということであった。

彼は働くようになったことを、だれよりもさきにチエに告げた。すると、彼女は急に眉をひそめ、表情をくもらせてしまったのである。

「チーちゃんは、職工なんかいやか」

彼は、チエの顔をのぞきこむようにして、おそるおそるたずねた。

「ううん」

と、首を横にふった。「あたし、心配なの。とっても」

「なにがさ」

「あなたが、あんまり強くないことが」

友二は、ほっと胸をなでおろした。鉄工場で働く、しかも、今から見習工でということが、チエの心のかげりになったのかと思い、それで思わずドキリとしたのだったが、チエはそんなことではなく、彼の体力がその荒々しい職場に入っていけるかどうかを案じていたのである。

「それなら……」

と、彼は、目もとを涼しくさせていった。「平気だよ」

「ほんとう?」

「ほんとうさ」

「もしも、友ちゃんがケガでもしたら」

「だいじょうぶ」

ひとことずつ区切っていった友二の目は、微笑で糸のようにほそかった。するとチエは「ほんとに？」と、これはまた、あどけない少女のように大きく目を見張って、もう一度たずねるのである。

ついに、彼は笑いだしてしまった。

「なんでも？」

「こう見えたって、ぼくはなんでもできるんだよ」

「うん、自転車のうしろ乗りだって」

「うしろ乗り？　うそでしょ」

「ほんとさ」

「じゃ、それ見せて」

と、チエは、すこし口をとがらせていった。「目の前でちゃあんと乗ってみなきゃ、あたし本気にしないわよ」

「ああ、見せるとも。うそでないほんとだもん」

「いつさ」

「こんだ会う日」

「日曜日ね？　午後ね」

「ぼくが、自転車に乗ってくよ」

「ああ、嬉しい。土手をさあっと走ったら、どんなに気持いいだろなあ。じゃ、友ちゃん、あたしも自転車借りてくる」

「それでね、ぼくは月曜日から工場へいくんだ」

「ん、しっかり」

「なんにもこわいものなんかないよ、君さえいれば」

「あらあら、嬉しいことをいってくれるわね」

「ふふッ……、なにかおごってくれるか」

「だめ。あたし今日、お金もってないんだもん」

いつか、二人はおたがいにその名を、ちゃんという愛称でよびあっていた。するとそれは、まるで幼い子どもにかえったように、どこまでいってもあどけなく素朴な世界であった。心の片スミに、彼はふとそれを意識した。が、自然でないものはまったく感じられなかったのである。なんといっても、ごく親密な感情の流れがあったし、小さいボンボン玉が、舌のうえでさらさらとけていくような、そんな感覚が、二人の心に流れていたから。


日曜日は、快晴とつれだっていそいそと橋の上にやってきた。白鬚橋のアーチのあいだに見る空はこまかくくぎられてはいるが、ぬけるように青く、鉄骨の空間を縫って、さわさわとした白い雲の一群がひそやかに動いていく。秋も深まったという感じである。

友二は橋の上に立っている。思わずチョッと舌うちした。じっさい、彼の心はすくなからずいらだっていたのである。彼は例の御自慢の自転車のうしろ乗りをみせるために（それは、けしてうそでなかった）近所の家の自転車を借りることを考えていた。いつでもどうぞ、と歯のかけた婆さんが口ぐせのようにいっていたからだ。しかし出かけるまぎわに、その家をたずねてみると、これはまた、とんでもない自転車だった。ホコリだらけなのにおどろかされたが、そのホコリをはらった下から現われたのは、なんと戦災で焼けてチューブもタイヤもついていない、骨ばかりのしろものであった。彼は怒る気持も失い、あっけにとられたままだった。

しかし、もう約束の時間だった。

友二はあきらめて、しかたなく橋の上にやってきたのである。おかげですこしおくれてしまったが、チエはまだきていない。こまったな……と彼はつぶやきつづけた。たった一つの得意芸を見せて、チエを驚かせようと思ったのに、実にいまいましくもあり、また、ひどく滑稽な気持でもあった。

そこへ、陽光のさすように明るくチエの姿があらわれた。彼女は対岸の町から、キラキラ光る自転車にのって、手をふりふり走ってくる。のびあがるように片手をあげで、まるで流れている空気でもつかもうとしているかのようだ。あんなに遠くの方から一生けんめい手をふって、なんと無心な娘なのだろう。彼も手をあげて、それにこたえた。

「早いなァ、友ちゃん」

チエは、大きく息をはずませて自転車をとびおりた。

「君がおそいんだよ」

「ごめん、ごめん」

小さく盛り上ったチエの胸が、まだ、ゴムマリのようにはずんでいる。

「そのかわり、そら、素晴らしい自転車でしょ」

「光ってるね」

「あれ、友ちゃんはテクシー？」

「おれのは、ダメになっちゃったんだ」

友二は、しかたなく、例のいまいましい話をしなければならなかった。すると彼女は笑いころげた。

そして気安くいった。

「いいわよ、自転車なんか一台あれば。うしろ乗りには不自由しないし、お巡りさんにみつからないように、二人で乗っていけば……」

「え？　ふたりで」

橋の上で、ちょっと自転車の芸をやってみせればいいぐらいに考えていた友二は、目をみはった。チエは、これから水門のあるほうへいってみようという。

「荒川へかい」

「友ちゃんは軽いから、あたし乗せてってあげる。あしたから働くのに、くたびれちゃったら大変だもの」

彼は、頭をかいた。せっかくチエがそういってくれたにしても、いい若者が娘の尻にのせてもらって走るなんて、サマにならない。町の人たちは、どんなに妙な視線をこちらにむけることだろう。

「いいよ、じゃ、君うしろに乗れよ」

「それなら、交替でいいわ」

チエは素直にうなずき、自転車の荷台にすわった。

「まもなく発車でございまアス」

二人をのせた一台の自転車は、橋をわたり、明るい陽光をはねかえして町なかに入り、カーブして線路を越えてから、アスファルトの街道を一路南下する。工場の白い屋根がうしろに流れると、道の両がわにハーモニカ長屋があらわれ、たくさんのオシメが小さな風にぴらぴらとゆらいでいる。そしてその同じ風で、煙突の煙が、ななめにゆったり上昇していく。友二の背で、チエは小さくうたを口ずさむ。

「こんだねえ、友ちゃん」

「うん」

「自転車旅行にいこうよ、二人で」

肩ごしに、彼女が声をかける。

「おニギリや果物、お菓子や水筒、それから歌の本、ノート、カメラ、それから、望遠鏡にテント……いっぱい自転車にのせてさ、遠いところへ走っていこうよ」

「うん」

「そしたら、どんなに楽しいだろう」

「うん」

「なにさ、うんうんしかいわない」

「うん」

「あらやだ」

友二は、ただうなずくだけを知っている。もうそれだけで、彼の心はすっかり満ちたりている。だから、彼はゆっくりとペダルをふみつづける。

町が消えると、さわやかな秋の空気があたりにひろがり、子どもたちと犬がむらがってあそんでいるような形の雲が、頭上を流れていく。彼はさらにペダルをふみつづける。ゆっくりゆっくりと。そんなに急ぐ必要はないのだ。その瞬間を、しっかりと心にとらえていくのだ。たとえ一秒たりとも、もれこぼすことがあってはならないだろう。

やがて、くろぐろとした土手が、目の前にたちふさがった。その堤防に通じるだんだら坂を、一気に走ってのぼる。すると、川だ。荒川放水路だ。人間が掘った巨大な運河だ。さらさらと目の下を流れている。土手は川にそって、どこまでも果てしなく続いている。やわらかな草むらの堤防をまっすぐに進んだ。運河の水がはねかえってきらめき、ちかちかと目に痛い。土手にはだれもいない。さえざえとして澄んだ空気のにおい。草原に自転車を放りだして、二人は、野兎のようにはねて走った。足が土の中にめりこみそうだ。息をはずませて、川のふちまでかけていく。草の上に身をなげだした。胸がはげしく鳴って今にも爆発しそうだ。

「いいなあ、いいなあ」

チエはそういいながら、目をほそめ、頰をそめた。頰の上で、光のかけらがゆらめいた。あたりの空気はガラスみたいに透明で、まるで、別世界のふしぎな静けさを思わせる。そういえば、さっきから、犬の影ひとつ見つけることもできない。友二は、耳をすませた。ふと、遠い昔を思いだすかのように、ひそやかな少女の声がきこえてきたからである。

「そうよ、そうよ……こんなひろい原っぱよ。それで、どこをみても、だあれもいないのよ」

耳のおくで、耳なりが鳴った。

「あたしは、もうあそびつかれたの。だから、早くお家にかえりましょうと思って、とことこ歩いてきたら……」

ふと道ばたに、可愛らしい一輪の野花をみつけたという。幼い彼女は、目を輝かして走りより、そっと、それを手にとったら、ああ、いいにおい、なんて美しい色なんだろう。するともうすこしいったさきに、さらに美しい花が咲いている。おもわずかけよる。手につまむ。するとまたほんの少しさきに、今よりもっと美しい花が！　こうして長い時間がながれ、花の後を追いかけた少女が、ふとたどりついた小さなみずうみ。それは、濃いめのうの色。あ、つかれたと思わず腹ばいになって、一杯の水をすくおうと手をのばしたら、鏡のような水のおもてに、なんと白髪の老婆の顔が写っているではないか。時間を忘れ、ただひたすら花の後を追いつづけた少女は、やがていつのまにか、こんなに年をとってしまったのだ。

「それは、あたしの小さい時の夢。あたし、どうしてだか、その夢を忘れることができないの。いつまでもいつまでも覚えているのよ」

「夢？……夢かあ」

「そして、そのとき、あたし思ったのよ、そんなに一生けんめいとったたくさんの花を胸にかかえて死んでいけたら、しあわせだなあって」

「ふーん」

「ね、そうじゃない」

「うん」

「あら、またウンっていう、もういやだってば！」

たしかにチエは、いつもどんな小さなことにも、常にひたすらな娘であった。その純な彼女の心に、友二は胸をつかれるのである。しかし、そんなチエにこたえるべく、おれは一体どんなものを自分の中にもっているのだろう。内も外もともに暗くふさぎこんだおれ、貧しければ貧しいほど、人よりもなお豊かに生きることに努力しなければならない。……たえまのない努力をつづけるうちには、きっと、よいこともあるだろう。最高の人は、常に不幸な人々とともにあるというから。彼はそこで、ふッと表情をくずした。

「そうだ、チーちゃん、約束。約束だっけ」

バネのように勢いよくたち上った。

そして、自転車をチエの目の前に持ってきた。うしろむきにまたがった。ハンドルをにぎる両の腕すじが、いつもより少し痛かったが、左足で車を支え、右足でペダルを思いっきりグイとふみこむと、自転車はうしろむきの彼をのせて、ぐらりと前にすべりだした。ここからハンドルの調節がすこしむずかしい。おまけに草むらだ。でも、右に左にかたむきながら、よろよろと不安定に草の上を走った。いくらか練習すれば、むずかしいのは、上半身の重心をとることだけなのだ。そうとはしらず、チエは、声をあげてよろこぶ。

「うわぁ、ほんとだ、ほんとだ」

「な、平気のへイチャラだろ」

「ん、もういい。友ちゃん、工場にいっても、きっと大丈夫」

「ふッふ……ほんとか」

「こんだ、うそじゃないよ」

二人は声をあわせて笑った。その笑い声があたりに明るくはねかえってひびくと、こんどは、チエが乗るといいだした。まさかうしろ乗りをやるわけではない、手ばなしならできるというのだ。あぶないと彼がいっても、

「なんでもないわ」で、まるで相手にしない。

茶目な少女は、友二の乗りすてた自転車にとびのった。草の上をぐるり一回転して、まず左手だけをそっとはなした。車はふつうに走った。で、チエは、おそるおそる右手もはなした。とたんに、大きくかたむいて、彼女はあわててハンドルをにぎりしめた。

「もういいよ、チーちゃん。もうたくさんだ」

「まだまだよ」

こんどは一気に両手をはなした。一度傾いた自転車は、少し走ってまた立ちなおった。チエは得意満面だ。よろよろと走っていって、あっと友二が息をのんだときは、もうおそかった。小さな悲鳴をあげて、彼女の身体は自転車もろとも、草むらのくぼみに姿を消した。

友二は、顔色をかえて飛んでいった。

くぼみは、そんなに深いものではなかった。青いセーターのチエは、草の中にうつぶせに倒れていた。死んだように動かない。友二はどきっとしたが、すぐに茶目娘のいたずらを見抜いた。

「チーちゃん」と、呼んだ。

チエは返事をしない。で、もう一度、

「チーちゃん、起きろよ」

やはり、チエはそのままの姿勢で、顔をふせたままだった。草むらに顔をうずめているせいか、頬がなんとなく青白くみえるのは気になることだった。どうしたのだろう。友二の心の中で、不安がしだいに大きくふくれあがってきて、彼はおそるおそる倒れているチエの肩をゆすってみたのである。が、ゆすぶられるままだった。そのとき、突然チエは上半身をおこした。まっすぐ友二の顔をみつめた。

「どしたの?」

「どっか、打ったの?」

「ううん、あたし、こわいの」

「なにが」

チエの声はかすれた。その声が、友ちゃんは……と、かすかにいった。

「あなたは、あたしのこと、よく見すぎている。こわいわ、あたし、それがとっても」

それはもはや、あの茶目娘でなくて、じっと穴のあくほど友二の目の中をみつめるチエの表情であった。

「あたし、あなたの考えるような、そんな一人前の人間じゃないんです。どこにでもいる普通の娘なんです。今にきっと、それがあなたにもわかっていくにちがいないんです。そしたら、あなたは急にがっかりして、悲しそうに眉をひそめ、どこか遠くのほうにいってしまう。そしたら、どうしよう? ……そう考えると、あたし、どんなに楽しい時にでも急にこわくなるの。とてもとてもこわくなるの」

友二は、ほっとふかい息を胸で吐いた。ああ、自分の心のおののきを、チエがかわっていってくれた。

しかも、彼女自身のおそれとして。ふしぎだ。なんという不思議なことだろう。結局、二人はおたがいにおたがいの心の遠ざかることをおそれているのだ。だが、ともに同じおそれを抱いているとするなら、その不安を取り去ることもできるだろう。ひとつの思いが、素早く光のように彼の頭をよぎった。すると、にわかに心がふくらんだ。彼は興奮から語尾に少し力をいれ、そっと呼んだ。

「ねえ、チーちゃん」

そして、一気にいった。「約束しよう」

「え?」

「おたがいに、どこにもいかない、と」

彼女は、息をのむ。

「そして、どこまでも、どこまでも一緒に、と。二人で努力して、より人間的に」

「ほんと？」

チエの顔の中で、大きな目がいっぱいにはじかれて、みるみるうちに光を増した。

「約束してくれるの？」

「ゲンマンしよう」

「ほんとなのね」

うれしいわ、と唇のはしに小さくつぶやいて、チエは頬を真赤にそめた。そこで二人の言葉は切れた。静寂な時間が、透明な空気の中を流れてやってきた。いっさいの不安が、影をひそめた。もう、なにひとつこわいものはないと思えた。それほどの重量感をもって、しあわせは彼の心にひろがった。ふしぎな力がそこに生じた。

ああ、もうこれ以上はなにもいらない、死んでしまってもいいのだ、と彼は思った。が、死ねはしない、とすぐに思いかえした。生きていることには、こんなにも美しく、こんなにも心がはずむ時があるではないか。これからさらに長い年月のうちには、どんなにかたくさんのすばらしいことが、まぶしい時とともに待ちかまえているのだろう。それなのに、死の中になにがあるというのだ。そんな遠いさきのことなぞ、今から考える必要はない。

水面をつたわって微風が、草むらにしのびこんできた。すると、土のにおいが、たくましい野生の香りをあたりにまきちらした。髪の毛がばらばらと乱れて、彼の額の上におちた。じっと彼の顔をみつめていたチエの目に、やさしくかすかな微笑みがうかんだ。彼女は手をさしのべて、彼の乱れた髪の毛をかきあげてくれた。

するると、そこはかとなく少女のにおいがしたのである。それは、遠い昔のどこかで、彼の記憶の底にたしかに残っているものであった。それは何？　それは、あのあたたかいおふくろの胸のうちにあったたか、それとも、ふるさとのかすかな記憶であったか、あるいは。……

「あ」

チエは、ふいに小さく声をあげた。

「友ちゃんの目ンなかに、だれかがいるよ」

彼女は、目を見張った。そして、あたしがいる、とつぶやいた。それほど、二人はすぐそばにいた。友二は目をパシパシさせて、チエの顔を凝視した。すこし茶色みがかった彼女の小粒の眸の中に自分自身のいっさいが吸いこまれていったとき、彼もたしかに見つけることができた。チエの小さな眸に映じている自分とむかいあった。彼はまじまじと自分の顔をみつめた。それは、どうみても自分にちがいなかったが、ふしぎなことに今の彼ではなかった、あの青白く劣等感にゆがんだ眉毛のうすい少年の自分であった。そして、彼はさらにその自分の顔の中に、ある異常なかたちをみつけることができる。それは、ちょうど顔の真中にふくれあがった鼻の頭に、黒くしるされている。一つの文字だ。可——その文字は、幼い少年の鼻の頭に、にくいほどあざやかに捺印されているのである。記憶はさかのぼる。そうだ、あれは体操の時間だったたつけ。セーターのない彼は寒くてしかたなく、母のいいつけ通り、姉の毛糸を下にきこんで学校にいったのだ。体操の時間がきても、どうしても上着をぬぐことができなかったのだ。頭が痛くって、といつものようにその時間を休んだのだ。するとあの赤ら顔のにくたらしい先生は、いきなり木彫りの印を手にして彼の前にあらわれ、鼻の頭の上に、ギュッとその可の文字を力まかせに押しこんだのだ。「お前のような嘘つき者は、あらゆるものがみんな可なんだぜ」といって。その時から、友二の中でいっさいの自信と気力が、はげしく音をたててくずれはじめ、〝可〟の下に押しされていったのだ。

けれども、いま、チエのくろい眸には、たしかにそのいじけた自分の姿がある。あの萎縮した自分が、可の文字を鼻に押しこまれた顔で、そっくりそのままうつしだされているのだった。彼女の中には、たしかにほんとうの自分がいる。そして、自分の中にも「あたしがいる」と、チエはそういってくれたのだ。とたんに、彼女の表情がうるんでぼやけた。

あらゆる感情が、いっしょくたにおりまざって、津波のように彼の胸におしよせた。そして友二は、激しい勢いで、チエの胸に顔をうずめていったのだった。ふくらんだ胸に、グイグイとじぶんの顔をなすりつけて、

「すき、すき、君が大好き」

ほとばしるように、さけんだ。

まもなく、彼は自分にたちかえった。無意識のうちにいってしまった自分の言葉に、自分でおどろき、たじろいだ。すると、息がつまり、血が頭にむかって逆流した。が、さいわい

なことに、髪の上には、まだチエの手が感じられた。そして、友二の耳のおくに、あざやかにひびいてくる声があった。

「あたしも好きよ……あなたが。……そのほかには、なにもいらない。そうだ。もう一度いっておこう、友ちゃんが好き。大好き」

トキトキと耳のおくに鮮烈にひびいてくるのはチエの、心音であった。生きよう、ひたすらに生きよう、いつも自分の火をたやさずに、どんな時にも微笑みをもって……と、彼の心にむかって、そうよびかけてくるようである。おれは、生きているのだと、友二は思った。

川の水がさんざめくように流れ、牛乳のように白い雲が二人の頭上にやってきた。その白い中心部が、渦のようにくるくるとまわって、空の青さに吸いこまれそうになると、小さな風が口笛と子どものざわめきとをのせて、この草むらにやってきた。風はきっと、はるか遠くのまちまちを通ってやってきたものにちがいない。かすかに子どもたちのにおいが残っている。

6

白鬚橋をわたった対岸には、川沿いにいかめしい肩をずらりとならべ、いくつかの工場がギザギザの山脈のような屋根をつらねていた。O精器、K鉄工、T製鉄、K紡績……それらの巨大な工場のつらなりの中に小さくはさまれて、こぢんまりと中河鉄工所はあった。

従業員は約三百人ほど。三百人といえばちょっとした企業であるが、それだけいても、組合のクの字もきかれないこの工場は、日本で有数の平版印刷機械を作っているのだそうである。

白い霜をのせたトロのレール線が、ぐっとカーヴをえがきつつ、帯のように流れて、暗い建物の中へと吸いこまれていく。大きな口をあけて、その引っ込み線を呑みこむところは、まるでほら穴のようにさむざむとして暗かった。友二は、事務所の男の背だけをみつめて、とぼとぼと広場をぬけて、工場の中へ向かっていったのである。

まだ定刻の八時にいくらかの間があったが、工場には、もう石炭の煙がうっすらとひくくたれこめ、ときどきその煙を鋭くたちきるように、陽の光が、棒のように天井からさしこんでいた。くすんだようにくろい顔が、その光の下にある。友二を見送った彼らの視線は、すべて一様に無表情であり、ものうげだった。

友二は顔をあげた。そのとき彼がまっさきにみたものは、頭上に重々しく翼をひろげたクレーンと、そのクレーンのすこしのさきの中央の壁に、えがかれたばかでかい日の丸、……日の丸の下のすすけた神棚、そして、その右どなりに十二時五分過ぎで針をとめたままの、今川焼のように鈍重な電気時計だった。

むっと、鉄のにおいが鼻にきた。さびた切粉から発散されるナマの鉄のにおい。だが、かさなって感じられるのは、古い倉の中にでもひっそりとただよっているような、生きたはがね独特の、荘重な機械の重量感だ。おもわず彼は身ぶるいする。この世界に、おれは入っていくのだ。おれの一生は、永遠に閉じこめられるかもしれない。友二は、右手にもっていた作業帽を、歩きながら、まぶかく目の下にまでおろした。

「ここですがね」

事務の男が、ふと足をとめる。

なんという名の機械なのか。空母のようにどっしりと地上によこたわり、長い甲板のような仕上台の上には、とらえられた怪獣を思わせるような異様なかたちの鋳物が乗せられてあった。その機械のかげから、

「……徐州徐州とォ　人馬はァ　すすむゥ……」

といがらっぽい声がきこえてきた。そして、作業衣のボタンをはめおえた長い顔が、ぬっとやみくもにあらわれた。

事務の男は、唇をゆがめるようにして、えへへへへと意味もなくわらい、斎藤さんについて、これからいろいろ教わってくれという。

「よろしくおねがいします」

友二は、帽子をとって素直に頭をさげた。

「うん。おれ、斎藤だ」

男は笑いもせずに、無表情にそういった。とりつくしまがどこにもないような、無愛想な感じである。何をどうしてよいか、手をこまねいて突っ立っている友二をそっちのけにして、男は、そばの太いボックス・スパナを片手にとりあげ、さっさと一人で仕事にとりかかった。

顔も馬のように長かったが、よくみると、長いのは顔ばかりではなかった。背も見上げるように高く、手足も長かった。年は、三十なかばというところか。ぼつぼつと、ぶしょうひげが頬をくろくそめて、その長い顔の中に、ほそい目がメダカのように泳いでいる。そして青白い表情だ。その横顔を注目していたら、彼はスパナを機械の上に放りだし、ふたたび、のっそりと友二の前にやってきて、

「オイ！」

と、いった。「ケガは自分もちだかんな」

友二は、だまってうなずいたのである。その生真面目な彼の視線とかちあって、すこしとまどったように表情をくずした斎藤さんは、

「もっとも、ケガばかしじゃねえや」

と、つけくわえた。「弁当も自分もちだったよ。ま、大事にやってくれや」

「はい」

友二はこたえた。ケガは自分もちと、心でくりかえした。このみじかな言葉は、彼の心を固く強くひきしめた。そして、外見ににあわないような人情味を斎藤さんの中に感じた。

斎藤さんは、新しく見習工が入ってくるたびごとに、重々しくその言葉をくりかえしてきたのにちがいない。ケガは会社がもっちゃくれないんだぜ、と。それはこの人が何年か工場にはたらき、その労働生活の中から、肌身にふれて得た法則なのかもしれなかった。だが、考えてみれば、身体だけが元手である者には、一日いちにちその身体を張っていく以外に、生きる道はないのだ。元手をこわしてしまえば、貧乏人には、なにひとつとして残るものはないのだ。あらためて友二は、そのことを考えずにはいられなかったのである。

突然、工場のすすけた窓ガラスをピリピリとふるわせて、始業のサイレンが鳴りひびいた。が、まわりの人たちは、まるで耳に入らぬかのように、同じ姿勢で同じ表情だった。しばらくしてから、やっと思いだしたように、口をへの字にむすんで立ちあがった彼らは、畜生、今日もまた地獄のフタがあくのかい、というようなにぶい動きで、スイッチをいれはじめた。すると、モーターの動物のようなうなり声、ぐわんぐわんひびくシャフトの回転のひびきが、人々を一日の労働へ呑みこんだのである。

「動くぜ！」

斎藤さんの声が、ひくく友二の耳にとびこんだ。

斎藤さんは、煙草の火を指先でもみけし耳にはさむと、右足をのばし、起動器のスイッチをいきなり停から動にむけた。すると、ヒタヒタヒタ……とにぶい音、欅がけ十文字のベルトがまわりだす。友二は目を皿のように見開いて、機械のうごきをみつめる。また斎藤さんの足が、ひょいとうごいた。こんどは、機械の下からつきでている水平の把手をふみおろした。

カラカラと大歯車のかみあう音が、魔物の口のかこいの下からきこえはじめ、そこから例の甲板のような仕上台が、地ひびきをともなって、こちらにのしかぶさってきた。それは戦艦の走ってくるように、堂々と威厳に満ちてたくましかった。友二は目を輝かせた。戦艦はやってくる。どこまでレールの上をすべっていくのだろう、と思っているうちに、さっきの把手がひとりでにコクンと逆にはねかえって、……そう気がついたときには、仕上台はもう魔物の口の中にひきかえしはじめていた。そのとたん、かこみの下につきでている刃物の先端が品物にふれた。ずっずっずずずーと、地鳴りのようににぶい音。ビシビシ音をたてて、あらい切粉が、豆鉄砲のように四方にとび散る。ふと肩ごしにかみつくような声がきこえて、彼は大あわてで身をひいた。斎藤さんが近よってきていう。

「これは、なんちゅう機械だ?」

「まだ知りません」

「ふム、これはな、プレーナーちゅうて、別名シカルバンとも、平削盤ともいうんだ」

大きな声である。どなり散らすようにいう。この耳を圧するようなたけましい騒音の世界では、ふつうにとりかわす言葉さえ、怒ったような調子でなければ通じはしないのだ。

「まったく荒れた仕事だ。だがな。そうかといって、かんじんなところでは十分の一ミリ狂っても、もうオシャカだぜ」

「十分の一ミリですか？」

「もうそうなると、機械の力じゃねえ。カンだ。どこまでも、人間の勘がものをいうんだ」

自慢げに目をほそめていいながら、彼は油だらけの大きな布手袋をはめる。ボロきれが幾枚もかさねて縫いあわされたごつい手袋だった。指は親指だけしかついていない。と、思いだしたように、斎藤さんはボックスの前にかがみこみ、そこから、もうひと組の手袋をとりだした。まだ油のついていない新しいものであった。パタパタとはたいて、友二の目の前につきだす。お前もこれをやれというのだ。友二は、それを手にはめようとして、こんな新しいのをおれがもらってしまってもいいのかな、とためらう。その時、また斎藤さんがなにかいったのだ。

「………」

なんですか、とふりあおぐと、

「おめえのその手よ」

「ぼくの、手ですか」

手がどうしたのか、しげしげと自分の手をひろげてみている彼の上に、荒っぽい声がさらにかぶさった。

「まるで、女みたいだな」

ドキリとして、友二は、思わずその手を引っこめてしまった。

羞恥が頬にもえた。ああ、おれの手……半年ばかし失業しているうちに、こんなに白く、こんなにたよりなくなってしまったのだ。もともと、重労働はしたことがなかったが、その手が女のようだといわれると、友二はひどくわびしくて、やりきれなかった。そして、その自分よりもはるかに遠い場所に斎藤さんを感じた。それは埋めることのできないような、深いへだたりにも思えた。

この手で、この人とともにここで働いていけるだろうか、と彼は思った。この世界に入っていけるだろうか。わからない。途中でへたばってしまうかもしれない。だがへたばってもいい、やれるだけのことをやりさえしたら！

友二は、便所に行くようなふりをして、人のいない鉄材の陰に歩いていった。さっき、そこに、石油かん入りのとっぷりと黒い洗い油をみつけておいたからだ。手袋をとって、洗い油の中に、いきなり両手をひたしこんだ。皮膚がつきさされるように冷たい。指先がくろい油の中でふるえた。友二は、その手を目の前にかざしてみた。かたわらに落ちていたボロで油をぬぐいさると、心なしかホッとした気持である。手の貧弱なのは変わりなかったが、皮膚のしわに油がくろくしみこみ、それほど、白い手が目だたなくなっていたからである。

「これでよし」

と、彼はつぶやく。

「やれるだけのことをやるなら、この手で」

彼はたち上った。すると窓のむこうに川がみえた。水のつめたそうな隅田川だ。季節の風が、その川面に波頭をさかだて、意外に早くもう冬がやってきたことをおもわせる。指のさきが、ぴりぴりとかじかむ。だが彼は、その同じ窓のむこうに、隅田川をまたいで、どっしりと微動だもせずに横たわっている橋を見た。

白鬚橋は、ふたたび白い噴煙を吐きつつ大きく息づいていた。鉄骨のアーチが、陽の光をはねかえしてあかあかと燃えている。川下からやってくる冬の風を、そこでたくましくうけとめるかのように。

「チエ……」

彼は、ひとこと小さくつぶやいた。すると、心の中で、彼女は微笑んだ。

7

この世界に友ちゃんがいる
この朝の向こうにあなたがいる

だから
世界が　こんなに力強く感じられるのです

毎日が　こんなにまぶしく輝いているのです

そして
ちいさなわたしのいのちが
こんなに大きくふくらんでいるのです

……それは小さな森の中だった。すっかり落葉したままのあらわな梢越しに、空の青い眼が、じっとこちらをみつめている。二人の胸や顔や頭の上にも、木漏れ日がまたたいている。チエは、自分のノートをとりだした。二人は、それをひざの上に見開いた。そして、ノートの一節をひそやかに読みおえた。そのひとことを、心にきざみこむようにして、彼はチエの言葉を、なおつぶやきつづけたのである。すると、

どうかしたの？

チエの声が、かすれてきこえる。彼は首を横にふる。

なんでもないけど、なんだか、夢みたいだ。

とっさに、電気にでもふれたように身をおこした彼は、チエの手をひっつかんで、小鹿よりも早く森の中を走ったのだ。うっとりと、ねむるようにやわらかな太陽のもと、森のふしぎな静寂の中を、走って走って、息せききってついによろけた時、彼は思った。

いらない、いらない、おれはもう、なにもいりやしないんだ。チエさえいてくれれば！　ああ、水のようにして、君を飲んでしまいたい。

……………

みじかい瞑想だった。それは、仕事中も、彼の瞼の裏につぎからつぎへとくりひろげられた。鋭い声が投げつけられなければ、さらに続いたことだろう。

「手ひけ！」

はッと、息がつまった。目の前がにわかに生きかえった。ほんの、まばたき一つするぐらいの短時間に、おどろくべきことが起こっていた。右手に持っていた切粉払いのハケボウキに、刃物の先端が肉薄していたのだ。あ、と足がすくんだ。全身がちぢみあがった。が、もう、まにあわなかった。するどい左剣バイトは、たちまちざっくりとホウキの横腹に深くくいこみ、そのままのしかぶさるようにこちらに迫ってきたのだ。友二は、右手で力まかせにぐいと引いた。

「ばか！」

斎藤さんのひろい背中が、いきなり目の前をさえぎった。ひじで、うしろに彼を突きはなした。友二はその時見たのである。小さなホウキが生きもののようによじれねじれて、バイトの先端で、ざくざくと冷酷に断ちきられていくのを。彼は、声もなくその場に立ちつくしたままだった。

「あんなもんだからいいが」

斎藤さんは、硬い表情でいった。「これがもし、ペンチだったらどうなる?」

「バイトがおれちゃいます」

しかたなく、友二はうなだれきって答えた。

「ばかめ」

激しく斎藤さんはどなった。「バイトが折れたら、そいつはポッキンと音をたてて吹っとぶんだぜ。顔のド真中にでもグサッとうけてみろ、もう、それでおだぶつだ。そいじゃ、ホウキじゃなくて、こんだオメエのその手だったらどうなる?」

冗談めいたものなぞ、ひとかけらも見いだせなかった。それほど斎藤さんは真剣そのものだった。

失敗だった。友二は深くうなだれてしまった。すると、さらに執拗に斎藤さんの声がおしかぶさってくる。

「手がガツンとおれて、吹っとんで、品物はオシャカだろうが」

「ええ」

「一体、品物っちゃなんだ」

「製品です」

「このネボケやろう、品物はてめえだろが」

「すみません」

「おれにすみませんいったって、はじまらねえ。オメエのその細腕じゃ、一本おとしても、せいぜい二、三万しか、会社は出さねえかんな、よくおぼえとけや。しかも、こいつばかりは二本しかねえ。まして、かわりが生えてきやせんのだ」

そういって、彼はバイトの先端をじっとみつめた。斎藤さんが凝視する剣バイトは、彼の腕よりもまだ長く、駆逐艦のような精悍ないきおいで、クロカワ（品物の表面）の側面を、切粉の波をけたてすすむ。バイトのさきはすでに紫色に燃えあがり、そこからうす青い煙が宙に流れる。煙は糸のようにかぼそく、天井に這いのぼっていく。友二も、それを見つめつくした。

「この機械でな」

「ええ」

「死んだやつがいるんだ」

「え？　死んだんですか」

おどろいて、ききかえした。

「ふむ、オメエににたやつだったぜ」

「ぼくにですか？」

「夜学に通っていてな」

死んだ？　この機械で？　しかも夜学に通っていたという若者は、おれににていたという。いろいろな想いが、素早く光のように友二の頭をよぎった。若者は、いくつぐらいだったのだろう。そして、どんなことをして死んだのか。そしてそして、やはり、チエのようないじらしい恋人がいたのだろうか。彼は、なぜか今すぐ、それをきいてみたい衝動にうごかされた。だが、斎藤さんは、例によってぽそぽそとしかいってくれない。その断片的な言葉を要約すると、彼は二十二歳。名前は加藤。やはり見習ではいって、まだ一週間かそこいらだったという。彼は、刃物台にもたれかかって、なにやら考えごとをしていたのだという。

そのとき、どうしたはずみか、突然、ストローが安全弁をとびこした。おどろいて彼は背をかがめ、クランクハンドルを手にしようとした瞬間、目もくらむようなことが起こった。とっさに逃げれば、なんとかならないこともなかったろうに、仕上台を戻そうと試みたのが、最初にして最後の、しかも最大の失敗だった。時間のゆとりを与えず、仕上台はそのまま突進。台からはみでた品物の先端は、彼の腰をゴホゴホとへしおり、さらに若い肉体を残酷にひきさいて、横桁の先まで運んでいったという。

「そうだ。そいつは、時どきなにやら考えごとをしてたぜ。オメエさんみてえによう」

急に、友二の身体はきゅっとひきしまった。若い一個の生命を奪った巨大な機械を、その動きを、あらためて彼はみた。機械は冷たく一分の狂いもなく、十八尺の仕上台を突進させ、青白い炎をあげて、バイトはクロカワの奥ふかくめりこんでいく。その時も今も、少しもかわりなしに。ああ、このバイトにひきさかれた青年の心を思わずにいられない。彼はそのとき、一体なにを考えていたのだろう。その青年が、もしや自分だったら、どういうことになるのだろう。

ふと、そのことを考えてみる。

まず、しわだらけの母の顔が、まっさきに目の裏に浮かびあがる。母はきっと涙さえかれはてて、顔中いっぱいに、大きく目を見開くだろう。唇がわなわなと、こまかくふるえている。なにひとつ楽しいこともないまま、自分のすべてのしあわせを子どもの成長にたくし、働きずくめに働き、その子がやっと二十歳をこえてほっとするまもなく、機械にまきこまれていったとしたら、きっと涙さえ出るゆとりもないにちがいない。

彼は、その母のなげきを、まざまざと心に思いえがくことができる。その母の顔が涙でうるんでくると、それはほかでもなく、チエの顔にかわっている。チエは、どんなに泣きつづけることだろう。

「おい、おい！」

またしても、友二は肩をたたかれた。

「おめえ、どうもポーッとしてるぜ」

目の前に、斎藤さんの長い顔が、青白くひきしまった頬であらわれる。どうみてもメダカのようにほそい目。長い顔の中でのこの均整のなさは、かえって親しみのある感じなのに、そこに笑いはみえない。

「機械工は、邪念妄想ちゅうやつがあったらいかんぜ。自分のからだか製品か、そのどっちかの品物をオシャカにする」

「妄想じゃないんです。その加藤って人のことを考えていたんです。まだ若いのに可哀相で……」

「つまらねえ」

かんではきすてるようにそういった斎藤さんは、第一ハンドルをぐるぐるとまわしはじめていた。

「同情したってしようあんめえよ、死んじゃって、もういねえやつのことなんざ。それよか、当節は生きてるやつのほうが、よっぽど可哀相じゃねえか。そっちのほうを同情してもらいてえや」


今日は、仕上台どめの練習をする。プレーナーという機械は、なかなか手におえぬしろものだ。まず第一に、機械をとめるだけでもひと苦労なのである。

スイッチをきれば、むろん機械はとまる。惰力があるから徐々に仕上台もとまる。が、この「徐々に」が許されない時がある。そのために、クランクハンドルの微妙な操作でとめるのである。このハンドルは、上にあげれば仕上台が前進し、さげれば後退するようにできていて、その中間をうまくとればベルトが空まわりして、仕上台がとまる仕組になっている。だが、十八尺もある鋼鉄の仕上台は、なにしろたすきがけ四本のベルト、十五馬力のモーターでうごいている、馬が十五匹で走っているに等しいわけだから、その惰力も相当なもので、なかなか自由にならない。これを、思うところでピタッとやるのだ。斎藤さんは、片足をひょいとあげて、ハンドルをあやつり、まるでボタンでおしたように、自由自在に仕上台をとめる。友二は日頃それをみているので、斎藤さんが、仕上台にチョークでしるしをつけ、

「ここんとこで、とめてみい」

といった時、なんだそんなことかと思った。

仕上台が、ぐーっと戻っていった時を見計らい、背をかがめねらいをさだめてハンドルをあげた。とたんに、カラカラと大歯車が鳴って、ガクンとベルトが逆転、仕上台はたちまち前進にかかってしまった。これはいけない。と、みるまにぐんぐん仕上台は走って、うしろの安全弁にぶつかる。と、またそそくさと後退にかかった。よし、こんどこそ、と白線のきわまできたとき、かげんをとって、そうっとハンドルを上げた。仕上台は、すこしたじろいだ様子をみせたが、それもほんの束の間で、また、なんのこともなかったように戻りはじめていた。

彼は歯ぎしりし、あせった。

二度、三度と試みたが、結果は変わらなかった。ハンドルを握っているてのひらが、汗で

ジトジトになってきた。さいごの一撃がきいて、ようやく仕上台は停った。だが、それは白線から二十センチほども離れた個所でだった。

「そこが、しるしのところかい」

つめたく、斎藤さんがいう。

「なにボーッとしてる。もう一度やれ」

友二は唇をかんだ。ようし畜生ッ、という気になった。つるつると、背中に汗が流れおちて、尻にまわっていくのが気持わるく感じられた。さらに、五回六回とやってみた。あせればあせるほど、いよいよ仕上台は自由にならなくなっていた。思わず、あいている片手を仕上台のへりにかけた。あまり自由にならないと、ほんの少しでも自力でくいとめたい気が働くのだ。

「馬鹿、手を折っちょるぞ」

また、いっぺんにどなられた。

「おめえの、その骨みてえな手で、十五馬力がとまるかよウ」

そして、斎藤さんはズイと目の前にやってきた。

「しこし見ていろ」

仕上台の横にたちはだかった。

戦車のように轟音をあげて、仕上台がやってくる、やってくる。チョークの線が、みるみる眼前に迫ってくる。と思った瞬間、斎藤さんの太い腕が素早くハンドルにのびた。その突端をちょっとつかんだ、と、みるまに音もなくハンドルは上下し、真中のところで、ゴトッと鈍い音を残してとまった。仕上台の速力がすッと落ちた。見れば、ぴったり、チョークのしるしの下でとまっていた。

「な?」と、友二をふりかえり、

「い、い、い、しこしずつやるんだよ」

額にいっぱいしわをよせて、眼球を大きく見開き、斎藤さんの手の動きの一分も見逃すまいとしていた友二は、仕上台がチョークの下で停止した時、なるほどとうなずき、

「はあ、しこしずつですね」

感心して、そういった。いってしまってから、妙におかしくなったのだった。

「でも、むずかしいなァ」

「なにがむずかしい? そう思うから、よけいむずかしいんだ」

「どうも、頭の働きがにぶいようなんです」

「だれ、オレがか」

「いや、ぼくがです」

「ふム、だが、なまじ頭のいいよりや、しこし足りないぐらいがいいんだ。頭のいいやつはすぐ小手さきで憶えちまうが、ヒョイと忘れて、思わぬ時にえらいしくじりをやらかすもんだ。そこいくと、馬鹿のほうがいい、バカの一つおぼえってのがあっからな。なにも心配は

いらねえ……」

斎藤さんは、拳で自分の頭をコツコツとたたいて苦笑した。ほめられているのだか、けなされているのかわからなかった。とにかく、めったに喋ったことのない斎藤さんが、今日はめずらしく雄弁で、しかもかすかに笑ったので、友二も一息ついて、あらためて斎藤さんの顔をみた。みればみるほど、この人の顔は長かった。馬のようだな、と彼は思った。

8

ここにやってきて、すでに幾日かが経過した。そして、周囲のことがおぼろげながらにわかってくるにしたがい、友二は自分の身辺に、さまざまなおどろきととまどいを感じないわけにはいかなかった。環境のちがい、そんなひとことでわりきることのできないものが、ここに、たしかにあるのである。たとえば高橋君である。

彼は、隣の十二尺のプレーナーの見習工だ。中学をおえてすぐ、この工場にやってきたのだろう。眉毛もうすく目も細く、喋ると口の両はじに、老人のようなしわをつくる腺病質タイプだったが、この高橋くんが、友二の年をきいてまっさきにいったことは、

「いいなあ、残業できて」

という、羨望の響きのある言葉だった。その時ニッと笑った高橋くんの顔は、びっくりす

るほどの幼さだった。

「君いくつ」

友二はたずねた。

「まだ十六」

高橋くんは、まだに力をいれて、すこし自慢げにこたえる。

「未成年者だから、大っぴらに残業できないんですよ。けど、家に帰ったって、ちょっとも面白いことなんかないもの。それよか、工場の中にいりゃ、ポヤッとしたって、残業代がつくんだ。そうすっと、だんだん残せるからなあ、いいよ」

高橋くんは、友二にそう教えてくれる。仕事おわりの切粉掃除も、自分の機械のまわりだけ掃けばいいのだ、余分なことはしないほうがいいと、その持分の輪郭にチョークで線をひいてまで、親切に教えてくれる。そして、彼の口ぐせは、

「つまらないよアンタ、ムダ骨折っちゃ」と、いうことなのだ。

友二には、この高橋くんのことばが、ひどくさびしいものとして感じられた。一日働いて二百円きりの自分にとって、一時間の残業は、はたしてどんなふうにはねかえってくるのだろう。たかだか二百円が二百二、三十円ぐらいになるという、それだけのことではないか。ここで失われた時間が、後になってから一時間三十円の割で、はたして買いもどせるとでもいうのだろうか。

友二の頭にあるモノサシでは、どうしても、彼の気持をはかることができなかった。そして高橋くんばかりではない。友二のモノサシは、この工場の中では、どうやらそうかんたんに通用しないように思えるのだ。その高橋くんが、こんどはコンクリートの床にタガネを打ちながら、右手の人指し指をさしのばす。

「そら、斎藤さんのはす向いに、小さなプレーナーがあるね。あすこに、黒いシャツをきている背が高いの、ほら、今カバみたいなあくびをしたのさ。あれ、渡辺さんっていうんだ」

高橋くんの指のその方向で、戦闘帽で黒シャツの青年が、なるほど大きなアクビをした。渡辺くんは、そんな大きなアクビをしながらも、上手のハンドルをぶるんぶるんとまわして、バイトを上げることとを忘れていない。

「あの人なんざァ、去年の六月に入ってさ、もう、七千円もためたそうだぜ」

「七千円?」

「えらいもんだろさ」

「去年の六月から、一年半もかけて」

「きっと、あんたと同じ年だよ」

「それで、残業して」

「十時? いつも十時までも?」

たった七千円? と、つい口に出るところだった。すると、高橋くんは、意外なという表情になった。

「斎藤さんはなんにもいわなかった？　ここの人は、みんな十時までやってますよ、毎日」

「え？　まいにち」

「冬だって、夏だって……」

まじまじと、友二は高橋くんの顔をみかえした。入社の時に、残業が多いということはきかされていたというものの、連日十時までというのは、やはり大きな衝撃だった。斎藤さんは、いつも夜の十時までも働いているというのか。朝の八時から夜の十時まで、十四時間も。そんなに二人分も働いているのに、渡辺くんは一年半かかって、ようやく七千円をためたのだという。友二は、その金額を笑えるような身分ではないが、そして笑う気持なぞすこしもないが、これほど大きな重さに支えられた金のことを思うと、おもわず気が遠くなるような感じがしたのである。そして、またしても思った。この世界でおれは息をしていけるだろうか、と。

現実は、それほどきびしいものなのかもしれぬ。生活のきびしさは、彼らにあたりまえの空の明るい色さえみせず、往復の星空だけをみせ、そしてさらに子どもの寝顔だけをみせ、ほのかな色の恋さえ、荒々しく奪っていくのだ。けれども、みんなが、そうしてせいいっぱいに働いている以上、友二もまた、足なみをあわせていかねばならない。そうしなければ、この世界からのけ者にされるだろう。いやいや、生活が同じ歩調を要求するのだ。一日、十四時間も働かなければ、生きていけないのだ。家にかえれば、丸太を倒したように、ごろッと眠るだけなのだ。でもそうしたら、もうチエに会うことはのぞめない。

週に一度、それもたまの日曜日でもないかぎり。それ以外には、たとえどんなにさびしくとも、どんなに苦しくとも、チエに会うことは許されないのだ。一体、そんなことがあってよいのだろうか。

……………

「おれ、かわろう」

いきなり、野太い声だった。

ふりかえると、尻に鋲がいくつもうちこまれた放出物資のズボン姿で、角刈り頭の青年がコンパスのように、大きく股を開いてのっそり突立っている。煮しめたように黒い顔、ふといへの字の眉。金つぼマナコ。尖った口。一目みた瞬間、友二は、なんとなくこの青年に愛嬌を感じた。

「たのむよ」

高橋くんが、すぐにタガネを投げ出した。

「一丁ゆきやんしょう」

彼はタガネを手にするや、もうれつな勢いで、ピストンのようにハンマーを振りだした。トンカントンカンと、タガネの音が機械の騒音を引き裂いてひびき、砂煙をあげて、コンクリートの破片があたりにとび散った。

「三等重役っていうんだよ」

高橋くんが、友二の耳におしつけるようにしていった。

「あの〝三等重役〟の主役俳優と同姓なんだぜ、気のどくにさ。だけどまだ入ったばかりだから、あんなのにヘコヘコしないほうがいいよ」

「ふーん」

「三等重役はあんた、工場から一歩外に出ると、革のカバンをギュッギュッと鳴らして、大手をふって歩いてるんだ。弁当箱一つしか入ってないのによ。えへへへへッ」

高橋くんは、どうもよけいなことをいう。親切さを通りこして、不愉快におもえる時がある。河村三吉氏は十八歳。三等重役氏と高橋くんと友二の三人が、機械場の中心をになう三台の大型プレーナーに、見習工としてついたことになるわけである。

「ところで、あんた、いくらもらってるの」

ふと、タガネをうつ手をやめて、河村くんが友二にたずねた。

「二百円」

「あ、そう」

「君は？」

「百円札一枚とハンブン。ちょっ、ケチくせえの」

「ひどいな、米一升も買えないじゃないか」

「ひと月、実働二十七日間として、フルに働いても四千五百円にしかならねえ。このうちあんた、定期代で千円がとことられちまう。米なんか食えたもンじゃねえよ」

「イモでも食うか」

高橋くんが、目を細くしていった。

「イモは、ガスになってみんなスースー抜けちまうかんな、あれ食う時にゃ、ケツの穴に栓をしなきゃいかんぜ。栓をつめときゃガスもれがないから、いつまでも、腹の皮が突っぱってることになる。ヘッへへへへ」

二人は、声をたてて笑った。

笑いおわらないうちに、もう河村くんがハンマーをふりだした。体力があまって、じっとしていられないらしい。それで友二も打ちだした。高橋くんは、例によって余分なことはやらない。その彼が、急に勢いよくやりだしたのは、だれかが機械のかげからひょいと現われたからだ。

「おう、やってるな」

手あかまみれの野球帽を、ちょいと頭にのせた赤ら顔の男が、目玉をギョロつかせ、股をひろげてこちらにやってきた。高橋くんの機械の佐伯さんというのだそうだ。

「なにゃ、その腰つきは」

尻をポンとたたかれて、河村くんがおどろいて腰をあげた。

「どうや、これ」

「なんですか」

「ばかったれ。こんな楽しい写真に、なんですかとはなんだ。いいですねえ、と正直にいえ」

友二は、ちらりとみた。怪しげな女の写真だった。佐伯さんは、耳にはさんだ煙草の吸いさしを口にくわえ、マッチをすり、またしげしげと写真をみてから仕事にとりかかった。意識的にしかめっつらを作って、品物のうえをスパナでたたいて歩く。はねかえった音がカンカンとひびく。どこかに狂いがある証拠だ。コンコンと鳴らなければいけないと、斎藤さんがさっき友二におしえてくれたばかりだ。佐伯さんは道具箱からハサミをとりだし、例の女の写真の一部分を、ばかていねいに切りぬきはじめた。

「それ、どうするんですか?」

河村くんがきいた。

「機械は、人間とおんなじだ」

友二のほうをチラとみて、佐伯さんは、ひぇへっへっへと赤黒い歯ぐきをのぞかせた。

「こうして、ほれ、女をいれてやると精をもりかえすんだ。そんな顔してるが、おめえだってもうムズムズしてるじゃねえか、どうだ、あたったろうが」

「は」

「なにが、は、だ。なかなかだな、おめえは、ヘッヘ……、スケはいるのか」

「は、おります」

「何人いる?」

「かぞえきれません。我方はタイゼンとしているのにもかかわらず、ひとりでに吸いついてくるんでありマス」

「吸いついてくる? ようし。あしたの昼休みに、工場の前に一列にならべろい、オレさまが採点してやる、そして、特上美人を一人配給するんだ、ひぇヘッヘヘヘヘ……」

友二は、視線のやりばに困った。タガネをもってうろうろした。

「オイ、石田」

いきなり、佐伯さんが呼んだ。

「おめえも耳が遠いな、馬がよんでるじゃないか、おめえの馬さんがよう」

〝馬〟というのは、なんと、斎藤さんのことだった。機械のかげから、なにか手招きしている。「お茶を持っていきゃいいんだ」と、横から高橋くんが気をきかしてくれた。なるほど、そういえば正午に近い。お茶の入ったヤカンは、さっき水道の電熱器の上でみかけた。

友二が、湯気のたつヤカンを片手にぶらさげて戻ってくると、妙なことに、まわりの人たちが、つぎつぎと帽子をとるのである。何気なくあたりをみて気がついた。トロッコのレール線にそって、下腹のつき出たハゲ頭が、うしろ手をくんでぎこちない足どりでやってきた。

肌の粗い赤ら顔、ソーセージのような鼻、友二のそばまでくると、ふとたちどまってこちらをみる。いや、友二ではなくて、その手にさげられたヤカンを見ているのである。彼はとまどった。しかし、十二時から食事をするのだから、それ以前にお茶をわかしておくのは不自然なことではない。

友二はそう納得して、ヤカンをさげて歩いて帰ってきたら、

「ばか」

斎藤さんが舌うちした。

「職長がいる前を、気がつかんのかい。もすこし、そのおツムを働かせてくださいや。おめえの点数がへるんだぜ」

友二が、中河鉄工場にやってきて、その人間関係の上で失敗した第一回目だった。失敗という言葉はおかしいかもしれない。が、斎藤さんに注意をうながされたのは事実である。はたして、そうしなければならなかったのかと考えると、友二にはどうもはっきりとわからないのだ。けれども、さらに引きつづいて起きた二度目の事件は、彼の心を激しくうちのめした。

「おう、さぶさぶ、こさぶ……」

外から、河村君がへっぴり腰でやってきた。便所にでもいってきたのだろう。彼は目を三角にすぼめて、極端に口先をとがらせた。

「外はすげえや、雪やコンコンだぜ」

「雪？」

友二はききかえし、思わず窓の外を見た。

「やあ、ほんとだ。ワッサワッサ降ってきたな」

「ヘッヘッヘヘヘ、クリスマスの雪だ。おれ、今夜は銀座へ遠征すんだ。にぎやかだぜ。なにせ銀座はお尻のぷりッとした女が、オッパイをブルンブルンさせて、うじゃうじゃ歩いてるからなあ、銀座は見る町、たまには目の保養」

友二は、斎藤さんの横顔をみた。斎藤さんは、じっと腕ぐみしてバイトの先をみつめたまま、

「ふム、クリスマスときたか」と、ひとことつぶやいただけだった。

「あれ、知らなかったんですか」

河村くんは、ひょうきんにたずねる。

「クリスマスも、ひとりもんだけよ」

「すっと、今夜も？」

「夜なべさ」

「でも、クリスマスの夜ぐらい」

「そりゃ、まあ、そうだな。だからといって、今晩早じまいをするのは三等重役ぐらいなもンさ。もっとも未成年者だかんな。会社も大目にみてくれるだろう」

その言葉が、友二の胸につきささった。

「ぼくは」と、彼はいった。きこえたのかきこえないのか、斎藤さんは、ボロで手をふきはじめた。

「あの……」

「うん」

斎藤さんは、ようやく気がついたようにかすかにうなずく。

「オメエは、未成年者じゃねえやな。しこし考えたほうがいいな」

いつのまにか、河村くんはいなくなっていた。機械は単調に動いていた。熱でバイトの先端が真赤に燃え上り、切粉の中に赤い色をにじませている。あたりは、すでに暗い。斎藤さんは、クリスマスの夜に帰ることができないのを、ひがんでいるのだろうか。それとも、会社からなにか、おれのことを指示されているのだろうか。どっちだかはわからない。しかし、いえることはただ一つ、おれもそろそろ、斎藤さんと一緒にやらなければいけないのだ。しかし、今夜はクリスマスであり、待ちに待った水曜日の夜だった。

「残業しますよ、斎藤さん」

「そうか」

「やります」

「いつから」

「あしたから。……でも、今夜はちょっと」

「うん、クリスマスだかんな」

そのとき、気のせいか、斎藤さんの顔に、かすかにも安堵の色がみえたような気がした。すると、友二は、なんとなくほっとしたのである。

「早くいけや、もうじき時間だ」

この工場は、六時が定時だった。時間になると、見習工が、どっといっせいに洗い場におしよせる。

友二もそこへいってみる。けれども、蛇口が数えるほどしかない洗い場は、今日はまた特別のラッシュで、作業服の尻がずらりとならんでいるだけである。そこへ河村くんがやってきた。

「こりゃいかん、代用品でいこう」

「水があるのか」

「ま、ついてこいや」

彼は、早足で脱衣所の近くへ歩いていった。なるほど、そこに一杯の水が、バケツに汲んで置いてある。

河村くんが、さっさと洗ってさきにいってしまうと、もう水は油だらけだった。でも、今日は急がねばならない。しかたなしに、友二は石鹸をもってその場にかがみこんだ。せめて、手だけでも洗っていこうと思った。水は、凍るようにつめたかった。吐く息がはりつめた空気の中にとけこんでいく。ヘチマに石鹸をぬりこみ、いくらゴシゴシとこすっても、指のしわの隅ずみにまでしみこんだ油は、ほとんどおちない。河村くんがあんなに早かったのは、どうやら、時間前にそっと洗っておいたものと思える。ヘチマに砂をつけて、さらに強くこすった。指がしびれてかじかみ、皮膚がすりむける。ああ、お湯がほしいな、と思わず口に出していった。

「おイ！」

うしろから、だれかが歩いてきた。

「この、唐変木めッ」

肩ごしに、いきなり一喝された。ぎょっとふりかえると、佐伯さんだった。夜業のためのコッペパンの食いかけを片手にもちながら、暗い中で異様に眼を光らせている。

「あ、これ、佐伯さんの水ですか？」

「油ふかねえで、手入れる阿呆ッたれがいるか」

「いえ」

「なにがいえだ。みろ、おれのチンケースが油だらけになっちまったやないか」

ぱっと、バケツを蹴った。

「あ」

バケツは、友二の足にとんだ。どっと、水が足もとにあふれた。

「気をつけろい、このオタンコナスめが」

ひぇヘッヘッヘ……、と、あの生ぐさいみたいな笑い声を残して、やがて佐伯さんが遠ざかっていくと、友二の心は、みるみるうちにふくれあがってきた。それはたしかに、佐伯さんの汲んでおいた水かもしれない。しかし、だからといって、なにもこんなにまでしないでもよいではないか。胸の中で火のようにはげしく燃えあがった。友二は唇をかみしめた。そして、もう一つの心で彼は考えた。この工場にはなんとつめたい人間ばかりいるのだろう。なぜ、おれはこんなところにきてしまったのだろう。……

9

友二は、橋にむかって走る。

橋の上に、チエはいる。彼女は、頭からすっぽりとマフラーをまわして、赤い頬に両手をかこっていたのだった。白鬚橋のたくましい鉄骨が、そのチエの頭上に重くのしかかっている。鉄骨のすき間から、サラサラ落ちてくるのは、こまかく透きとおった雪。星屑のような雪だ、と友二は思う。みるみるうちに降りつもって、チエの燃えるような頬の上にも、無数の星がきらめく。じっと見つめていると、彼女の目の中にも、やはり透きとおって、ちいさな光がある。星は、こんなところにまで落ちてきたのか。

「寒かったわねえ」

いたわるようにチエはいった。氷のようにはりつめた空気に、チエの白い息がなだらかにとけこむ。

そして彼女は両手で友二の手をにぎりしめた。にじむようなあたたかさ。手袋のない手を口にあてて、彼のために、チエは長い時間をかけて、息で自分の手をあたためていたのだろう。

「おれの手、でも、きたないんだ」

いいわけのように、友二はいった。

「手ばかしじゃなくて、顔も。なにしろ、とっても急いだから、洗えなかったんだよ」

「そんなに急いで？　ありがと」

「あちこち、よごれてるだろう」

「ううん、暗くて、よくわかんないよ」

「そう、そりゃいい」

「けど、服はくろいな」

「ウン、作業服だからさ。脱衣所がまだきまらないんだ」

するとその時、突然チエは鳩のように、丸い眸をうごかした。彼女がなにかにおどろいたか、感動したかのたしかな証拠なのだ。そして、それは友二の手の中にあった。

「すごいや」と、チエは、大きく声をはずませる。

「なにがさ」

「マメ」

「まめ？」

「友ちゃんの手、大きな豆が、そら、こんなにたくさん。かたそうよ、とっても」

チエはその友二の手を、こんどは顔にかざしていった。そして、唇のはしに、アラ、と小さな声をあげた。

「油のにおい！　鼻の奥がツーンとするわ」

小さなチエの鼻が、つめたく彼の指先にふれていくのを感じると、なんともいえないような息苦しさ。おもわず、呼吸がのどにつまってしまいそうな気がしたのである。で、友二は、「寒いね、雪だね」と、無意識のうちに、そんなことをいった。

「それから、クリスマスなんだね」

「うン、そうだ。いこうか」

「いこう」

二人は歩きだした。腕をくんで、足なみをそろえて、さっさと小股に歩きだした。どこへと問う必要はないのだ。幻灯のない日の彼らの水曜日は、もう寒い荒川の堤防ではない。土手とは反対に、明るい町中へむかっていく。デパートか、駅がその目標なのだ。といって、買物にいくわけでも電車にのるわけでもない。それに、こんなにおそかったら、もうデパートの重い鎧戸はがっちりと閉ざされているだろう。でも、二人は知っているのだ、浅草の松屋だけはちがうということを。

この庶民的なデパートの二階からは、ライトを光らせた東武電車が、はるばる日光や宇都宮にむかって走っていく。ホームの前には、かこいなしの待合室がある。さむざむとしたベンチ、ステッキのように首をまげ、身をちぢめて坐っている何人かの人々。すると、そのベンチの一端へ、二人もちんまりと腰をかけるのである。

このときから、彼らの時間が、はじめて時をきざみ出す。まず二人は、おたがいのノートをそれぞれ交換するだろう。そこから、小さな討論が呼びおこされるだろう。それは討論というよりも、むしろお喋り。ノートには、日々のできごと、その反省とこれからの自分たちの予定、それから、本や映画の感想、いっさいのものが、もりだくさんにうずまっている。どんなに疲れはてていても、このノートをとりかえると、時間を忘れた際限のないお喋りが、小鳥のさえずりのようにはじまり、いつまでも続くのである。

けれども、考えてみれば、今日は年にたった一度のクリスマスであった。するとその一夜ぐらいは、おもむきを一変させるのも悪いことではない。町まちには、赤い灯や青い灯やらがチカチカとまたたき、きれいなデコレーションケーキが蠟燭をともして店先にならび、ニコニコ顔のサンタクロースと、さんざめくような娘たちの笑い声、……それらがいっしょくたになって、耳のおくに、目のうらにしのびこんでくる。いつか、二人の心はその中にさそいこまれている。

町は、たしかな感動と興奮に満ちていた。すると彼らの心もバネのようにはずんだ。白いひげをなびかせたサンタクロースが「さあどうぞ」と手まねきした。それは、ランプの灯のにじんでみえる名曲喫茶。今晩の特別会費。お二人様一組、金一〇〇〇円也。

「わッ」

とたんに、チエはおどろきの声をあげた。

「一晩で、せんえん!」

「一月せっせと働いても、六千円かすかすだというのに」

なんということなんだろう、と友二は思う。頭の隅に一つの顔が浮かんだ。メダカのようにほそい目と、あの青白くひきしまった頰。

「クリスマスも、ひとりもんだけよ」

ひくい声が、ふくんできこえる。そうだ。斎藤さんはたった今も、額に汗をにじませて働いていることだろう。……八時……九時……十時と、一日、十四時間も。そうして春と夏と秋と冬がすぎ、もう一度春がめぐってきて、一年半もの長い年月のうちに、渡辺くんはやっと七千円をためたという。渡辺くんを、英雄のようにみつめ、うらやんでいる高橋くん。

……

ああ、おれも、明日から残業しなきゃならないんだっけ。ウィークデーに、こうしてチエと一緒に歩けるのも、今夜かぎりなのだ。それにチエは忙しいから、日曜のたびごとに毎回会うことなぞ、とても思いもよらないだろう。そうすると、ひと月のうち、たった二、三回しか、もう会うことはできないのだ。急にしばれるような寒気を感じて、彼は身ぶるいした。おれはオーバー一つ持ってないんだった、とあらためて気づいた。それでも、自分のわびしさなぞすっかり忘れて、クリスマスの町の中に入っていけば、パッと目にとびこんでくるのは、お二人様一〇〇〇円也という。ここに七回通えば渡辺くんの一年半の労働の結晶は、たちまち煙のように消えていくのだ。世の中には、なんとさまざまな恋人がいることだろう。そしておれたちは、なんと貧しくていじらしいのだろう。彼はほっと深い息を胸で吐いた。すると、いつのまにか語らいが消えて、足なみがくずれている。

「友ちゃん、お腹すいたでしょ?」

敏感な娘の心は、とっさになにかを感じてしまっているのだ。

「ふッふ、わかるかい」

「わかるわよ、くたびれると、友ちゃんはすぐにだまっちゃうもん」

「じゃ、喋るよね、いっぱい!」

「それよか、あたし、おごったげる。あったかいおソバかなんかたべようよ」

チエの目の中に、さっきの星がまだきらめいている。そして、今さらのように見なおせば、そのチエもまた、オーバーを着ていないのだった。コール天のジャケットしか持っていないのだった。それなのに、なんと全身でいきいきとはずんでいるのだろう。友二は、髪の毛をぐっとかきあげていった。

「うん、ラーメンがいいな」

「それに……あたし」

「なにさ」

「友ちゃんに、贈物をもってきたの」

「ふうん、とってもちっちゃなものだけど、ぼくも」

「ほんと？　うれしいなァ」

彼らは、街角の小さな店に入った。茶菓子もあれば飲物も、そして御飯物もあるという便利な店であった。クリスマスだというのに、この大衆的な店は、かえってその大衆性のために、今夜はひどく客の入りが少なかった。テーブルごしに二人はむかいあった。するとチエは自分の手さげから、小さな紙包みをとりだした。

「あたしの贈物は、とっても実用的よ、なんだかわかる？」

「さあ」

「仕事をしているときに、友ちゃんが、どうぞケガなぞしませんように」

包みの中から、軍手のように目のつんだモメンの手袋が、ひょっこり顔をのぞかせた。ゴムビキだった。

「ほうら」

「うん。これは助かるな」

裏も表もない手袋は、そっと手にはめてみると、グローブのように大きくてあたたかく、チエの手のような、そんな感触があった。友二は笑ってしまった。じっさい贈物なんて生まれてはじめてだった。チエの手袋は、しあわせの塊のような気がした。彼は、その〝しあわせ〟を手にはめて、ポケットの奥から、青いセルロイドのケースを、うやうやしくとりだしたのである。箱はその昔ペン先が入っていたものであった。

「そら、これ、ぼくの」

「あら、きれいだ。これなあに？」

透きとおったセルロイドごしに、なにかがきらめいている。それは宝石のかけらににて、さまざまな形でチエの目に鋭い光を投げこむ。彼女は、おそるおそるケースを手にして、しばらくはじっと箱の上から見つめたのである。

「わかったらえらいよ」

「……？」

「キリコだよ」

「キリコ？」

「うん、いろんな種類があるだろう。流れ形、せん断形、むしり形、亀裂形……みんなバイトの種類によって、かたちも大きさも、そして色合いもちがうんだぜ。それがね、ザクザクとはじけとんで、鋳物がけずられていくんだよ」

「うわあ、いいなあ、キレイだなあ」

「面白いだろ。おれ、急にあつめてみたくなったんだ」

切粉は、テーブルの上に一つひとつならべられ、まるでそれ自身生きているかのように、独自の光を放った。てのひらにのせると、ぽちりと重い。

「ありがと」

チエは、静かにいった。

「あたし、いつまでも、いつまでも、大事にするわ」

友二は、そっと手袋を頰にあてた。クリスマスの夜のしあわせが、とうとうおれのところにもやってきたのだ。この夜のことを思い出しさえしたら、これから先どんなに苦しいことがあっても、がんばっていけるにちがいない、と彼は心に思った。

その時、ようやく注文した品があらわれた。ほかほかと湯気のたっている丼をみると、チエはだまって自分のから箸でひとつかみのソバを、彼のにいれてくれた。小さな肉のひときれも、彼のほうにやってきた。友二は食べた。チエは母親のような満足げな表情で、彼をみつめた。そばでこれを見ていた女給は、はじめかすかに目で笑ったが、二人があまりに自然にうちとけあっているのに気づくと、静かにその場から立ち去った。そして、チエはいつものように自分のノートをとりだした。友二は、それをテーブルの上にひろげ、目の中に吸いこむようにして、読んでいった。

…………


友ちゃん。

私は、友ちゃんが好きです。

そして、あなたも、私をすきだといってくださいました。

うれしかったです。ほんとうにうれしかった。世界中がまるで新しく輝いているような、そんなうれしさでした。


私たち――そう私は考えるんです。

そうすると、なんだかしらないふしぎな力が、どっしりと、からだいっぱいにひろがってきて、一生けんめいに、ほんとうに一生けんめいに働きたい、そう思うのです。私たちの一日一日が、心の底からすきとおって美しくあるように。

私たちに今あるよろこびが、ちょっとずつだんだんふくらんでいって、いつか、世界中のみんなの喜びにつながりますように。

でも、それはどんなに大変なことなのでしょう。これからの何年か、何十年かの長い毎日を、その瞬間瞬間を、自分に恥じることのないように生きていくということは、一体どんなに大変なことなのでしょう。
きっと、いろんな日があるんだろうな、とおもいます。
金色のよろこびの日、
炎のように燃えて輝く日、
銀色に冷えてこごえる日、
そして、にがい涙でかかれる灰色の日も……
さまざまな日々が、それぞれの色合いをもってあるにちがいありません。
でも、いいんです。
私は、それをおそれたり、悲しんだりはしやしません。

かえって、私はよろこびたいと思うんです。
そんな、なにもかも、すべてのときを、
私たちがいつも一緒に、
いつも一生けんめいにあるだろうというそのことを。

この一節を読みおえた時、友二は思いきってハッキリいおうと思った。これから、毎晩十時まで残業していくのだということを。もう、ふつうの日には会えなくなるのだ、ということを。けれどもこんな楽しいクリスマスの夜に、それをいわなければならないというのは、なんと残酷なことだろう。つらいけれども、しかし、やはりいわなければならなかった。さっそく、つぎの水曜日の夜から、会えなくなるのだから。

でも、それは、はたしていつまで続くのだろう。どこまでも一緒に、とチエは書いた。でも、それでもやはり、チエはどこまでも一緒に歩いてきてくれるだろうか。

「チーちゃん」と、友二はひくい声でいった。

「おれ、今日、ひとつ悲しい話をもっているんだけど」

「あたしも。……ひとつだけ」

きらりと、チエの目が光った。

「え」

「いい？　がっかりしなくて？　あたしのほうからさきにいっても」

「だいじょうぶさ」

「ほんとうに？」

「いってごらんよ」

「あのね。冬でしょ。あたしたちの工場、こんだ電休制になったの、だから、日曜日には、もう会えなくなっちゃったの。友ちゃんと」

彼は、思わず自分の耳を疑った。

れた。

「あたたかい春がくるまでは」

すべてのものがこの時、激しい音をたてて、友二の心の底にくずれおちていくように思われた。

チエのいったことは、もはや二人はずっと会うことができないという冷厳な事実であった。毎晩十時までの残業の彼が、たった一日だけの日曜日にとりすがれば、その一日はみるまに奪われていったのだ。もう、おれたちは会えないのだ。深夜でないかぎり、そして、あたたかな春が訪れてくるまでは。ああ、だれだ？　おれ達をこうも暗いところへ、暗いところへと追いつめるやつは？　一体そいつは、どこにいるのだ！　友二の表情はゆがんだ。心が怒りにみちて、はげしくうちふるえた。もう会うことはできないんだと思うと、やがてふかい絶望に怒りが呑みこまれ、おもわずしらず視線が下におちた。すると、チエのノートの中の一行が、鋭く彼の眼に突きささってきたのである。

「そんななにもかもすべてのときを、いつも一緒に、いつも一生けんめいに……」と。

友二は、その文字をしっかりと目の中にとらえた。いや、文字が彼の目をとらえて離さなかったのだ。その文字を、くりかえし読んだ時、友二の心はきまった。そうだ、なんとしても、負けてはならないのだ、と。で、彼は顔をあげて、「チーちゃん？」と、よんだのである。

「こんだ、ぼくがいうよ」

「ほんとかい」

「ん。早くいって」

「その前に約束」

「なにを」

「決して、がっかりしないって」

「いいわ、指切りするわ」

チエは、自分の指をさしだした。彼はその手をとってかたく握りしめた。そして、チエの顔をみつめた。目に涙さえにじませて、彼女は微笑んだ。友二の思いのすべてを、そこでしっかとうけとめ、こたえるかのように大きくうなずき、チエは静かにいった。

「でも、でも平気よ、なにがきても。あたし、もう一人じゃない。私たちなんだもん」

10

白鬚橋の上から見ると、川も町もガスタンクもみな純白だった。遠いところでかすかな汽笛。キシキシと足の下に雪が鳴る。目のさめるような雪だ。みるみる降りつもって、すべてを白一色にうずめつくしていく。雪の中に立って、友二はそっと背後をふりかえってみた。すると、ずっとむこうの往来のほうから、まっすぐに足跡が続いて、それは、ちょうど自分の目の下にまでつらなっている。彼はおもわず心がなごみ、そして目を細めたのである。

足跡が二列につづいていたからだ。二人はキリコと手袋とを交換し、それをたがいに大事そうにもって町中を歩きまわり、さいごに、とうとうここまでやってきてしまったのだ。

「友ちゃん、トモちゃんッてば」と、チエの声。

友二がふりかえったとき、チエの足跡は、はるか彼方まで一直線にのびて、それはすでに橋の中心部に近い。まっしろな雪の中にぽつんと黒く少女の姿がある。ちょっとした隙に、彼女はあんなところまで、犬コロのように駆けていったのだ。口に手をあてがい、メガホンのようにしてチエはさけぶ。

「とってもキレイだよう。まるで雪の橋みたいだよう」

そして彼女は、ぴょんとはねた。

「早く、早く!」

「今、ゆくよう」

「だあれもいないんだよ、この橋、ひろって帰ろうか」

「ひろっていけよ」

「あ、あたし忘れものしちゃったわよ」

「なに」

「風呂敷」

「風呂敷?」

「白鬚橋を包んでかえるフロシキのことよ」

橋は雪で被われていた。そしてチエのいうように、そこには人ひとり犬の子一匹見つけることもできなかった。ただひっそりと静まりかえり、ふとだれかがおき忘れていった巨大なデコレーションケーキを思わせる。すると、二人はまるで小人島《こびと》の住人になったような気がする。二人の小人は、ボッスンボッスンと雪を踏んではとびはねる。

今日の白鬚橋は、白雪橋とかわっていた。十五本の支柱は、いつものようにどっしりと重たいアーチをささえ、寸分のゆるぎもみせなかったが、今夜はなぜか、その支柱の中ほどにかかげられた十五個の灯が、それぞれ異なった色合いで、さくらんぼのように鮮明だった。雪はそこでもひっきりなしに降っていて、目をほそめてみると、ちいさなオレンジ色の虹をいくつも灯のまわりに作った。虹の中で、ひとつひとつの透明な雪の粒子が、ちらちら無数に散って踊っているのがみえる。

チエの頬はまっかだった。雪の光がその顔に映えて、まるで火がジンジンと燃えているかのようである。だが、チエの中で火が燃えているなら、おれの中でも、やはり同じ火が燃えているにちがいないと友二はおもう。その頬と頬をあわせ、火に火を点じたら、のろしのように青白い炎が橋の上に燃えあがるかもしれぬ。もう昼も夜も会うことのできぬ恋人たちの、うらみとのろいとをこめて。

「友ちゃん」

そのとき、チエは突然、確信にみちた声でいった。

「会うことができるよ、あたしたち」

「……?」

「しかも毎日」

「え?」

「ん」

「どうしたの、チーちゃん」

彼がおどろいて、まじまじとチエの顔をみつめたとき、橋の灯火の下にたたずんでいたチエは、にっこりと全身で笑った。身体中雪だらけだったが、頬のはとけてしまったのか、そこだけぬれて光り、新鮮な果実のように輝いていた。

「毎日会えるって? ぼくたちがか」

友二は、せきこんでたずねた。

「うん」

「どうやって」

「ヒミツ、ヒミツ……」

と、彼女は唇にひとさし指をあてた。「だれかにきこえると大変だわ」

「だれもいやしないよ」

「じゃ教えたげるわ。ほら、ここ」

彼女はくるりと素早くふりかえり、灯火の下の一部分を指で示した。友二は、その指の先を見つめた。なんのことやらさっぱりわからなかった。いくら見つめても、変わったものなぞなにひとつありはしない。支柱の上には玉チョコ型ボルトの頭が、規則正しく天にまでつらなり、その上半分がすべて可愛らしい雪帽子をかぶっている。

「ここよ、ここ！」

「どこ」

「そら、よくみてよ」

「なに？　これ」

彼女の指の示したところは、どうしたわけか、このボルトの一本がはずれて、ボルト穴だけがややふかくななめに、支柱のはがねの奥にくいこんでいるのだった。もちろん、ちょっと見たぐらいではわからないだろう。でも、それがどうしたというのだ？　友二はチエのいう言葉の意味を解しかねて眉をひそめ、不審そうに彼女の顔をみつめた。するとチエは、すっかりはずんだ声で、息せききっていう。

「ね、あたしたちおたがいにサ、時間はズレるけど、毎日この橋を通って工場にいくでしょ」

「ん、だから？」

「だから、いつも行きと帰りと二回、きまってこの橋には会うことになるじゃない。もし友ちゃんがこの橋だったら、そしたら、もう、あたし、なんにも文句ないんだけどな」

と、チエは、せきこんでさらにつづけた。「友ちゃんが橋じゃなくたって、だけどあたしたち、会うことができるわ。そら、友ちゃん、ここを見てごらんよ。こんないいかくれ場所がある」

「なにがかくれるの？」

「人間じゃないわ。てがみ、手紙よ。そら、ここに小さく丸めて、手紙が入るでしょ？　あしたの朝、あたしが来がけに、そっとここへ手紙をいれておくの。夜、友ちゃんが残業をおえてかえる時に、それをとるの」

「なんだ、手紙かあ」

「でもさ、それを読んで、安心して家にかえって眠れるでしょ。そして朝になったら、こんだ、あなたが、その返事を書いていれてくれる番よ。かえり、あたしがそれをもらうんだもの。そうしたら、あたしたち、らくらくと会えることになるじゃない。それに水曜日の夜ぐらい、あたし十時すぎにここへきて待ってるわよ」

「てがみには、なんて書くか」

「そりゃ、今日も元気だよッて、そのひとことだけだっていいとおもうわ」

「そうかあ……なるほどな」

「今朝は何時に起きて、ごはんを何杯たべた、工場でこんなことがあったって、そういうことでも、あたし、うんと知りたいな」

「おもしろいな」

「うふッ……切手のいらない手紙よ」

「だけど、郵便局にみつかったら、怒られるかもしれないぜ」

「みつかりゃしないわよ、友ちゃんがだれにもいわなけりゃ」

チエはいたずらっぽい目つきで、肩をすくめてクスンと笑った。

「よっしゃ、やろう」

「うん、いっぱい書いてね、それに、水曜日は、あたしここへくるもの」

「そりゃダメだ。夜の十時からじゃ、もうなにも話せないよ、それに寒いし、風邪でもひいたら大変だ」

「平気よ」

大きくうなずいて、チエはいかにも満足そうににこっと笑った。自分の奇抜な着想が役に立つかもしれぬというかすかな誇らしさが、チエの表情を感動の色で輝かせた。彼女は橋の鉄骨の上につもっている雪を、いきなり手づかみで口の中にほおばり、それからなにをおもったのか、雪の中にすっぽりと自分の顔をうずめた。

「そら、一つ!」

少女の顔が、雪の壁にかたどられた。

「二つ……三つ……!」

つぎつぎと、新しい積雪の層に、チエは顔をうずめていった。少女の顔がいくつもならんでできた。雪の中のチエの顔は、きっと笑っているのにちがいない。あの雪を食べてみたいな、とひそかに彼は思う。で、友二もまたその一つの顔の中に、見ならって自分の顔をうずめていったのだ。すると、（……つめたい……ああ、なんといい気持……！）頬の下でチリチリと雪が鳴った。チエの頬が自分の頬にかさなった思いが、素早く唇にふれた雪のひとひらを彼の中に吸いこませていた。サラサラと口中に雪がとけて、つめたく心地よく胸にひろがっていくと、なんということなく、チエのにおいが身体中にしみわたってきた。そして、心がやさしくいっぱいにあふれたのである。

寒さは、すこしも感じられなかった。

遠くの町のほうで、またひとしきり汽笛がなった。

11

あるときは、ごくゆっくりといかにもものうげに流れていく〝時〟なのに、あるときには、何者かに追われるようにせきこんでやってきたかと思ううち、また風のようにどこかへ消えてしまっている〝時〟は、実にふしぎな魔物である。ほんのまばたき一つするくらいのみじかいあいだに、魔物はおそろしい勢いで、暮も正月もみるまに奪っていってしまった。

もちろん、幼児期のように、わくわく胸をふるわせて待った正月ではなかったけれど、正月がきさえすれば、そこにいく日かの休みがとれる。ほっと一息入れてくつろいで、その落ちついた心でチエと会い、いろいろたくさんのことを話すことができる。しかも、ひるま、明るい太陽のもとで——と、友二はどんなに大きな期待をこめて、この日のくるのを待ちあぐんでいたことだろう。しかし、チエとゆっくり話すことなぞ思いもよらぬほど、期待は残酷なまでにうちのめされて、彼はいま床の中にうめいている。

瞼のおくが、鋭い刃物でえぐられたように痛む。熱で目の前がぼんやりとかすむ。見るもののすべてが灰色にかすんでしまっているのだ。そして、あの笛のようにかぼそい音は、たしかに息をするたびに自分の喉のおくからもれてきこえてくるのである。一回ごとの呼吸がじつに苦しい。澄んだ空気が、透明なあたらしい空気がほしい、と痛切におもう。あえいで、魚のように彼は唇をうごかす。

けれども考えてみれば、これとまったく同じような状態が、暮の工場の中にあった。とくにクリスマスもすぎ、年もいよいよ押しつめられての追いこみの激しさといったらなかった。人々は血走った目で、十時がすぎてもまだ機械をとめず、一銭でも多く正月の手取り分を増やそうと争った。そうして、暮れのギリギリまで、せいいっぱいに働いている熱意をできるだけ高く会社に認めてもらい、同時に自分だけはよく思われようという意識が、多くの人の心をとらえていたのだろう。風邪ひとつひいたぐらいで、どうして休むことができよう。一日もう一日、と唇に出してまでつぶやき、ボルトをしめながらなおもつぶやき、すがるような気持で正月を迎えたとき、疲労はいっぺんに彼をうちのめした。友二は床の上に倒れた。

そのまま、とうとう起きられずにいる。ふつうだったら、こんなときにチエがやさしくやってきてくれるだろうと、ひそかに思う。だが、チエはこない。どうしても、こられはしないのだ。大きすぎる不幸が、ちいさな彼女をしっかとおさえ、身動きのできないようにがんじがらめにしてしまっている。頭の中がにぶくしびれた。いっさいが煙のように、もうろうとかすんだ。ただ、どろんこをちぎって空に放したような灰色の空間が、はてしもなく脳裏にひろがっていた。まったく息がつまりそうだ。

「チエちゃん」

友二は、かすれた声で呼んだ。

「チエちゃん、君はどこにいるんだ」

もう一度よんだ。暗い中に、じっと目をこらしてみると目の前にだれかが立っている。漠としてだれかわからない。くいいるようにその顔をみつめると、それはどうみてもチエである。だが、ほんとにこれがチエか。真青な顔をしている。悄然とうなだれて彼女は立っている。どうどうとあたりに風がうなり、電線がもだえて鳴っている。そうだ、あれはクリスマスの夜から、ほとんど二、三日しかたっていなかったろう。彼が残業している時にチエはやってきた。おどろいて出ていくと、さらしたような表情で、工場の門の前に立っていたのだ。唇がこきざみにふるえていた。

「どうした」

友二はびっくりしてたずねた。すると、ひとこと訴えるように彼女はいった。

「かあちゃんが……」

「え？　お母さん、どうしたの」

友二は目を見張った。チエの表情からこれはふつうのことではない、と気づいたからだ。ぬれている頬もぬぐいもせず、彼女はまっすぐに友二の目の奥をみつめた。

「かあちゃんが倒れたの」

「え？」

「脳溢血で」

「いつ？」

「きのう」

「それで？」

「…………」

もうこらえきれぬように、チエは顔を被ってしまった。クリスマスの夜の喜びは、わずか三日とすぎぬうち、暗い悲しみに閉ざされてしまったのだ。

「きのう、夕方……」

と、チエはひくくいった。「あたしが仕事をしているとき、お隣のおじさんがオートバイで飛んできたの。そのことを知らせに。あたし、おじさんのうしろに乗せてもらって、すぐかけつけたんだけど」

「…………」

「かあちゃんたら、死んだように眠ったきりなの、カアちゃん、ってよんだの。でもなんにもいわないで、そのままなの」

「で、医者はなんていったの？」

「過労からきた脳溢血だって。軽いから大丈夫だっていうんだけど、あのまま、カアちゃんが死んじゃったら、どうしよう」

「大丈夫だよ、きっと」

友二は、チエの肩をゆすぶった。

つめたい風が、砂ボコリをまきあげてとんできた。ほとんど目をあけていられないくらいに、ひどかった。二人は風をよけて、塀の内がわに身をよせた。一定の間隔をおいて、工場の建物の中から、なにか重々しい機械の音がひびいてくる。腹の底にまでしみわたるような音だった。やがて、チエはうつむいた。すると、友二も悲しくなった。一緒に声をあわせて泣きたくなった。だが、もう一つの心で、このチエをほんとうに元気づけられる者は、おれ一人しかいないのだと気づくと、

「しっかりしなくちゃ」

と、かえって、自分に強くいいきかせるのだった。

やがて、チエは静かに前後の事情を話しだした。彼女の話によれば、その日、隣家のオッちゃんは、借りた本をかえそうと、チエの家にいったのだそうである。午後の四時頃だったという。オッちゃんが戸をあけると、だれもいない。おや、おっかさんはどこかへ出かけたな、それじゃここいらへおいていくか、と玄関口に辞書を投げだそうとしたとき、台所の板の間に、なにかくろい塊の落ちているのを見つけたという。オッちゃんは奇妙に思い、よくみたら、塊は炭のカケラだった。そして、チエの母が、手に炭入れをもったまま土間にうつぶせに倒れていたのだそうである。あたりには炭のカケラがちらばっていた。オッちゃんは仰天して、一一九番に電話したら、「火事はどこだ」ときかれたという。重苦しい話の中で、そこだけがかすかな息ぬきとなって、友二の胸に残った。

「かあちゃん、今日もねむったままなの。ぜんぜん目がさめない。あのまんま、死んじゃうのかもしれない」

「ばかなことをいうなよ」

きつい声で、友二はいった。

「でもねえ、今日お医者さんにきいたけど、あの病気、なおってもたいていは、身体がきかなくなるんだって」

「でも、なんとかしなくちゃ」

「ありがとう、トモちゃん」

「しっかりしろよ」

「うん、こんなときこそ、しっかりしなきゃダメね」

「いつもよくないことがあるねえ、ぼくたちって……」

「でも」

と、チエは、静かに顔をあげた。「とってもつらいけどさ、このつらさをのりこえられたら、あたし、強くなれるのかしら」

「そうだ、きっとそうだよ」

友二は、力強くそういった。そしてひとさし指の先で、チエの頬を涙をそっとぬぐってやった。すると、彼の手が油で黒かったのだろうか、頬にうっすらと、黒いあとがついてしまった。その顔をあげて、チエはうなずいた。


………………

彼はいま床の中で、その時自分がいった言葉を考えている。いつか、目はすっかりさえてしまった。熱もさり、いくらか気持も落ちついたようである。苦しいとき、その時に人間は変わるのだろう。そこで強くなる者もいれば、苦しさにたえきれずに、しぼんでしまう者もあるのだ、としみじみと思う。チエはきっと、強くなっていける人にちがいない。しかし、そのちょうど逆の人間が、なぜか今は、自分のことのように思えてならないのである。

「おれなんか、身も心も弱すぎるんだ」

と、彼は思った。いつもなにかにしっかりとささえられなければ、生きていけない人間なのかもしれぬ。かつて、一人で幻灯をやっていたとき、その時は、まわりの子どもたちの喜びが彼の力をささえてくれた。冬になり工場につとめ、残業がはじまると、もう幻灯は春までおあずけとなったが、そのかわりにチエがあらわれ、弱い自分をささえてくれたと思う。けれども、夜の十時までの残業、チエの工場の電休制で、一本ふといクサビが二人の間にうちこまれ、こんどはさらに大きな不幸がチエの上にのしかぶさってきて、さいごの、かすかなのぞみまで奪っていってしまった。もう当分、チエに会うことはできない。

友二は、自分の目の前が、まっくろに塗りつぶされていくような気がした。やっぱりおれは、日陰のように淋しい人間なのだ、と彼は思った。楽しいこともないまま一生沈みっぱなしでおわるのかもしれない。そう思うと、ひどくわびしく、自分で自分がやりきれなかったのである。

ふと、赤ん坊の泣き声がきこえた。妙になつかしい気がして、彼はその声のほうに寝がえりをうってみた。何時ごろになるのだろう。西陽があかあかと、台所のガラス窓に映えている。そして、白い石鹸の泡をいっぱい手につけて、母がそこで、せっせとせんたくをしているのであった。イサムは、その母の背中で、例によってまたひとしきり泣きだしたのである。

友二は、唇をとがらせた。イサムをあやしてやろうと思ったのだ。呼吸をつめて、「ホウッ」とふくろうの鳴くまねをしてみせた。

ホウッ、ホウッ！

ほうら、泣きやんじゃったぞ。友二は床の中で一人でくすくす笑ってしまう。イサムもこちらをみて笑った。すると、にわかに心が軽くなってきた。じっさい、幼い子どもの顔をみていると、彼はうれしくてなつかしくてたまらなくなってくる。思わず頬ずりしたいような気持がこみあげてくるのである。

「かあちゃん、何時頃かな」

寝床から声をかけた。母はこたえなかった。耳が遠くなったのかもしれぬ。では、すこし大きな声でもう一度と思ったとき、彼はふと目をこらした。いつのまにか、せんたくの手をやめた母が、その指先をじっとみつめていたからである。友二は、ふとんの上に起きなおった。まだ足もとがすこしふらついたが、母が突き指でもしたのかもしれない、ということのほうがもっと気になった。肩ごしにのぞくと、

「あ、友二」

母が気づいて、かすかに口もとで笑った。

「なんでもないんだよ、それよか、どうだい、熱のほうは？」

「うん、もういい」

といって、友二は母の手もとをみつめた。「どうしたの、トゲかい?」

「こんなものが」

右手のひとさし指で、小さく光ったものをつまんでとり出した。

「お前の作業服についていたよ」

「おや」

「なんだろうねえ」

「キリコだ」

彼は、眉をひそめた。一片のキリコが仕事中に彼の作業服についたままはなれず、せんたくをしていた母の指先をかすめたものなのだろう。キリコ……クリスマスの夜にチエにあげたのも、このキリコではなかったか。なんとなく友二は、背すじに冷たいものを感じないではいられなかった。

母の指をかすめたキリコが、おなじようにチエの心を傷つけるような気がしたからである。そんなばかな。彼はひとりで心につぶやきながら、また床にかえった。そんなことを本気に考えた自分が、なんともなさけなかった。どうやら、頭の中まで疲れきっているらしい。ふとんの中には、いつのまにかミケ猫のトミがもぐりこみ、ゴロゴロと喉を鳴らして、身体を丸くちぢめていた。

その夜、友二は、つぎからつぎへとおそろしい夢を見続けた。うなされて、夜中に幾度となくふとんの上に起きなおった。朝になると、ねっとりと下着が肌にはりついてはなれず、ひどく気持悪かった。

身体の底に、えたいのしれぬ悪魔がとぐろをまいて巣くっているようだった。まだ、じんわりと熱が残っているらしい。

12

「なんだ、あんた、まだ生きてたんか」

黒く煤けた河村くんの顔に、白い歯なみがのぞく。愛嬌と親しみに満ちた笑顔だ。

「そんなにかんたんに、死ねるものか」

「おれはまた、頭のかっこうがいいあんたのことだから、もう、とっくに極楽でもみつけちまったかと思っていたぜえ」

「極楽なんか、どこにもないよ」

「そんなこたあねえ。やっぱりあるんだ。ただ、われわれには一生エンがないだけの話でさ」

「じゃ、ないと思ってまちがいないな」

「はッはッははは、そりゃそうだ」

工場では、相変わらずベルトが走り、シャフトがまわり、機械がつめたく無表情に品物をけずっていく。そして、おなじようにものうげな人たちが、機械の部品かなんぞのように、黒く小さくこごえきっている。おとといもきのうも今日も、すこしも変わることがないかのように、斎藤さんはだまりこくってバイトの先をみつめ、煙草のけむりを頬にくゆらせる。石油かんの中で、青白い火がチロチロと燃えて、斎藤さんの頬をまだら模様にうかびあがらせた。目をほそめ、ただ黙って煙草を吸いつづけるこの人の横顔は、ぞっとするほど空虚でさびしい。なにを考えているんだか、さっぱりわからぬ。

徐州徐州と人馬はすすむ
徐州いよいか、住みよいか
……………

ひくい声で歌う。斎藤さんはこの歌が好きだ。友二もつい唇の先にうたってみた。すると、胸がしめつけられるように悲しくなった。

「なんかこう、目の前がパッとするようなことはないですかね」

思わずそういってみる。

「原子爆弾ならごめんだぜ」

「おもしろいことですよ」

「あるもんか。ゴロンと寝た時が天国よ」

吐きすてるように、斎藤さんはいう。ほんとうに、ここには心から楽しいことなぞめったにない。みなは猥雑な話をしては大声に笑う。そんなことで、毎日の単調さと悲しさをまぎらわせているのだ。ほかの笑いがたまにあるとすれば、河村くんが機械の部品を「かえしてこい」といわれたのを「かりてこい」とききちがえてやってくるような、そんなささいな事件だけだ。

「これとおんなじのを貸してくれませんか」

眉をへの字にして、河村くんがスパナを手に、もさっと友二の機械にやってくる。

「おなじのは、オメエの手の中にあるわ」

斎藤さんはぶつりをいう。

「も一つです」

「ねェ」

「ねェですか。じゃ、しょうねえなあ」

「おれんとこには、それ一つしかねェんだよ」

彼は、しかたなくスパナをぶらさげて、

「ねえですよ」

と、自分の機械にもどる。とたんに雷のような声が、このマヌケ野郎、と工場中にひびいて、彼はあわくってすっとんできた。こんどは例のやつを返しにきたのだ。

「だって斎藤さん、かりるのもかえすのも、同じカラスの〝カ〟からはじまるだろう？　な？　だったらよう、たまにはききちがえたってしょうねえですよ。おら、神様じゃねえ」

「おう、そうだともそうだとも、人間様だとも」

斎藤さんは目尻にしわよせて、河村くんの肩をポンとたたいた。すると、彼は頭をかいて、えヘッと笑った。河村くんの場合、こんな失敗が、かえってみんなに好かれる要素になっているらしい。友二はそんな河村くんを親しく思い、もう一つの心でうらやましくも感じる。

河村くんは長男だ。そしてその長男という字を「長難」と書いて、それがほんとうだと思っている。長男と書くのだといっても、ぜんぜん相手にしない。さきに生まれれば、それだけ長く難儀するからだと、それはもっともな彼の理屈である。この「長難」は、彼なりに仕事の秘訣といったものを身につけている。たとえば、彼は時計がなくともぴたりと時間をあてる。ほとんど何時何分まであたる。それは、自分の機械のへりに、チョークでこまかな日盛りをつけて、窓から斜めにさしこむ陽の影の長さで見事にあてるのである。

〝長難〟は、友二を機械の陰にそっと手まねきし、そばによっていくと、

「どうでえ」

と、キャラメルの一粒をにぎらせた。そして、さらにポケットの奥をごそごそやっている。まだ出てくるのかと思っていると、古びた一冊の手帳が現われた。

「あんた、レンアイしたことあっか」

「………」

「ねえのか。可哀相によう。どうりで、いつもシケた顔してると思った。そんじゃ、ほれ、ちょびっとだけみせてやっからな」

彼の黒い油だらけの手が、ぱらぱらと手帳をめくった。すると、ページの間にはさんであるものがあった。よごさぬようにツメのさきでつまんで、うやうやしく友二の目の前にとりだした。

「な？　スゲエだろ」

みれば、一枚の写真だった。セーラー服をきた、まだ子どもっぽさがぬけきらないような、女学生がうつっている。少女は髪をおさげにあんで木にもたれており、決して美しいとはいえなかったが、はにかんだように笑った表情には、素朴で清楚なものがただよっていた。

「ふーん」

友二は感心した。

「彼女？」

「ひと昔前まではな」

「フラレたのか」

「ふられても、いいやつだったよ。一目みると、胸ん中がこうキュッと痛んだぜ。だから、いつもこうして持っているんだ。いいやつだったかんな。やつに悪いことが起こらねえようにと思ってな」

「へえっ」友二は、感嘆した。

「どうでえ、ちょっとしたモンだろう、恋愛っちゃ！」

それがはたして恋愛といえるものかどうか、友二にはわからなかったが、熊手のようにたくましい指で、大事に少女の写真をしまいこむ河村くんは、なんともいえずいじらしく見えた。同時にすがすがしい気持がした。熊手の指には、その昔、材木問屋にいて〝河村の鉄〟とよばれたチャキチャキの彼が想像されたが、その河村くんにもこんな一面があったのか、と友二はあらためて彼を見なおしたのである。

「や、ビアダルがきやがった」

とたんに、河村くんが目を光らした。ふりかえってみると、太っちょの〝ソーセージの鼻〟が中央通路を見まわりにやってくる。

「待避！　敵機来襲だ」

河村くんは、ヘッと口の先で笑い、そばのグラインダーのスイッチをいれた。下におちていたさびた鉄片をひょいとひろって、すばやく、チッチ……とやりはじめた。その動作はおどろくほど早かった。

職長は、尻をふってゆったりとこちらにやってくる。しかたなく友二もそばの油さしを右手にとった。

「やッ」

佐伯さんが、あわてて帽子をとって、にやりと赤ぐろい歯ぐきをのぞかせる。なんだか安っぽい笑いだった。友二は、バケツを蹴られた時のことを忘れて、ちょっと気の毒だなと思った。職長がいきすぎると、佐伯さんは、チョッといまいましげに舌うちし、さも大損でもしたかのように、大げさに帽子のチリをはたいた。

バイトが空まわりしている。友二はスパナをとって、仕上台のボルトをゆるめはじめた。そのとき、斎藤さんがのっそりと便所のほうから出てきた。この人は、そうして帽子をとらずにすごしたのである。やがて河村くんはグラインダーをとめた。鉄片のかどをピカピカに光らして、

「あばよ」と、かえっていった。

彼は、〝ソーセージの鼻〟のすぐ背後を、これみよがしにくっついて歩いていく。と、たちどまって友二のほうをちらりとみた。意味ありげに、赤い舌をみせた。

なにをやらかすのだろう。すると、河村くんは、突然、腹を前につんだし、アヒルのように尻をふって、ゆったりと歩きだした。あきらかに職長の歩き方の誇張である。そうとはしらず、職長は彼の二、三歩さきにいい手本を示して歩いてゆく。みるみる河村くんは近づいていった。尻にぶつかるようなところまでいくと、ピッチャーが投球でもするように、いき

なり右手の鉄片を大きく宙にふった。ハゲ顔のうしろを、コツンやるまねを演じた。

「はッははは」

友二は、思わず声をたてて笑ってしまった。

気がつくと、斎藤さんも隣りで、歯切れよく笑っていた。まだ一度も声をたてて笑ったことのない斎藤さんが……と思うと、友二はたまらなく河村くんが好きになった。笑い声はまわりの機械のあいだでも、いっせいに起こった。職長が不審げにふりかえってあたりを見まわしたときには、元のところにぐずぐずしているような、そんなヘマな河村くんではなかった。スパナに長いパイプをつけた〝三等重役〟氏は、顔をまっかに力ませて、ウンウンとしきりに機械のボルトをしめていたのである。

13

片刃バイトが、生き物のようにグングン迫ってくる。

凹凸のはげしい黒皮（品物の表面）の上を、まるでジェット機のようにうなりをあげて飛んでいく。そのバイトの一点をじっとみつめていると、空中にでもいるように、ふわっと身体の重心が浮く。白いキリコを噴煙のようにはきだしながら、ジェット機は彼をのせて疾風のようにとぶ。くろぐろとした町も野も原も、いっさいがおそろしい勢いで背後に流れていくようだ。でも、彼の心の中には、なにかがうずくまっている。それをつきつめていくと、やはりチエのことなのである。チエは今頃どうしているだろう。彼女の母は病院から家にうつされて、いくらかでもよくなったろうか。なんとか元通りのからだにかえれるだろうか。いやいや、やっぱり半身不随で動けないのかもしれぬ。そうすると、一体チエはこれからどうなっていくのだろう。

友二は考えた。彼がいつか最初にチエの家をたずねた時も、母親はせっせとオモチャのラッパを作っていた。それから何回かいったが、いつ訪ねても、やっぱり働いていた。そうしなければ、やっていけないチエの家なのである。まだ働きはじめたチエの弟の収入は、ほとんどとるにも足らないだろうし、母が動けなくなりおまけに寝たきりになれば、すべての重荷が小柄なチエのうえに鉛みたいに重くのしかかる。友二には、どうしてもたえられないことだった。そしてできることなら、たとえ自分の命がちぢまることがあっても、チエの母が元気になってくれればよいと思い、明るいチエの顔がみたいものだとねがう。

後頭部が、またジーンと鳴った。額が火のようにあつい。それなのに、手足はまるで今にも凍るようなのだ。身体中のぬくもりが、みるみる冷たい機械に吸いこまれてゆく。目の前の焦点がどんよりとぼやけた。と、身体の重心が不安定に地からずれた。ズルズルと砂のように、彼はバイトの上にくずれた。磁力のようにどうにもならない力だった。

「…………！」

そばの飽台に、必死でしがみついた。かろうじて、身体を支えることができた。冷汗が額ににじんだ。

一人の若者は、こうして機械に巻きこまれていったのだろう。

ほうッ、とふかい息を飲みこんで、彼は機械のそばから身体をはなした。おそるおそる斎藤さんをみた。さいわい、気づかれなかったようである。石油かんのストーブの横に、広い背中だけがぬっとみえる。友二は〝送り〟の歯車をカチンといれた。これで機械は、しばらくのあいだ自動的に品物をけずっていくのである。あたりは妙にうす暗く、小窓の隙間から冬の風がしのびこんできた。斎藤さんの腕時計の針が光ってみえる。まだ午後の四時だ。十時まであと六時間も……そうしないと、斎藤さんもおれも、この冷たい世界から解きはなされることはないのだ。

身体の芯に、ぞくぞくと寒気が襲ってきて、とても一ヵ所に立っていられなかった。チロチロと燃えている火が母親のように恋しい。友二は、火のそばに近よってみた。みじかい鉛筆の先で、斎藤さんは、たんねんに自分の指のツメの部分をぬりつぶしていた。長い時間をかけて、かれがそういう動作をくりかえしているその下の紙には、部屋代×××円、ミルク大カン三個×××円、米ヤミ×××円……そんな文字が、あちらこちらに踊っている。

「寒いですねえ」

と、声をかけると、彼はあわててその紙を丸めて火中にくべ、

「うん、ぞくッとするなあ。や、おめえ、顔色がよくねえぜ。しこし燃やすとするか」

なぜか、今日の斎藤さんは、妙に親しみやすかった。石炭をざらっとくべた。煙がたちのぼる。彼は重油のしみたボロを棒の先でつまんで、石油カンに放りこんだ。青白い炎がめらめらと燃え上った。冷えきっていた身体の芯が、ぼッとあたたまってきた。とろけるようにいい気持だ。その火の一点をみつめたまま、斎藤さんがぽそりとたずねる。

「おれ、いくつぐらいにみえる」

「年ですか」

「ん、年よ」

「さあ？　三十こして、五、六」

すると、口の中でふっと笑った。ふしくれだった手で、顎のあたりをゾリゾリとこすった。

「えらいふけたもンだ。おれも」

「すっと、二、三ですか」

「いやいや」

「あれ、じゃ、ちょうど？」

「おれはまだ九よ、おめえと同じ二十代よ」

「へえ？　二十九？　おどろいた」

「ここにいるてえっと、みんなふけちまうなあ」

「どうしてですか」

「うン、おめえも、そうして二、三年やってみりゃわかる。だんだんおれみたいになってくる」

斎藤さんはそういって手をのばし、こんどは鉄ヤスリをとって、自分のツメのさきをこすりはじめた。炎が消えた。すると、この人の長い顔の中に、目の下と頬と、えぐったようにふかい二つのくぼみができた。

その時、カタンと送りの歯車が鳴った。この音で、彼はなんとなく機械が気になった。それは、斎藤さんにしても同じだったらしい。ふりかえって見ると、バイトの先端から青白い煙が絹糸のようにほそぼそと暗い空間に流れている。こまかなキリコが噴水のように飛び散って、自動切削作業が続けられ、ベルトがまわって、むかい側の機械が動いているのがみえる。そして、ハンドルをまわしている黒い人影がある。

そのとき、あッと息をのんで友二が立ち上ったのと、斎藤さんのひろい背中が敏速に動いたのとは、ほとんど同じ瞬間だった。二人は同時に、むかい側の機械におこった事件を見たのである。

河村くんが、歯車に指をはさまれたのだ!

エビのように彼の身体がよじれた。気丈にも声一つあげなかった。彼は右手で、しきりとハンドルをはずそうとあせったが、思うようにいかなかった。「ううッうう」とうめいた。

友二は横っとびに走っていった。いきなり、送り歯車を引きぬいて地にすてた。ハンドルが落ちて、河村くんの左手がはなれた。あたりに鮮血がとび散った。斎藤さんがクランクハンドルをあげて、機械の動きをとめたとき、河村くんは手を押えて一、二歩よろめいた。なんとか指は引きぬかれなかったようだ。新しいボロで彼の指をおさえると、血が、苺汁のような色で、みるみるしみあがってきた。

「いかん」

斎藤さんが、どなった。

「きりッと傷口をしめて、手を上に、上にあげているんだ」

「はイ」

河村くんにかわって、友二がこたえた。手をさげると、血がよけいにふきでるのだ。そうして、捕虜のように左手をあげた河村くんを抱きかかえるようにして、友二は工場を出た。

「すまんな、すまんな」と、彼は何度もくりかえした。

「もうちょっとだ、しんぼうしろ!」

「すまんな」

「ばか、なにをいうんだ」

河村くんの顔には、すこしの血の気もみえなかった。貧血をおこしたらしい。第一工場を出ると、斎藤さんが走ってきて追いぬき、つき当りの医務室の扉をたたいた。白衣の医者の姿がそこに現われた。

まっくろな雲が空にとんだ。一銭銅貨のように赤茶けた太陽が、ガスタンクのふちにかかっていた。

河村くんは医務室の階段をのぼりかけて、つまずいた。斎藤さんがその彼をぐいと小わきに支えて、ともに室内に消えてしまうと、友二はひとりだけ外にとり残された。ほそぼそと、もの悲しい口笛を吹いて、つめたい風が頬をよぎった。

「とうとうやったか……」

友二はつぶやいて、うなだれた。ふと、足もとになにか黒いものが落ちているのに気づいた。手にとってみると、小さな一冊の手帳だった。階段につまずいたとき、河村くんが落としたものにちがいない。

友二はそれをポケットのおくにしまいこんでから、歩きだした。この手帳のページの間には、一枚の写真が入っているだろう。セーラー服の少女は、はにかんだようにほほえんでいることだろう。君の幸福を祈っている若者の上に、いま不幸がやってきたのも知らずに。……すると、写真の少女が、友二の目の中いっぱいに拡大してきた。ふと、ケガをしたのが自分で、その少女がチエであるかのような、ふしぎな錯覚がひらめいたのだった。

現場にかえると、佐伯さんが血のついた歯車をもって、職長に説明しているところだった。河村くんは、おそらくハンドルをとらないで、その下の歯車をはずそうとしたのだろう。そのとき自動的にギアはかみあい、彼はたちまち指をとられたにちがいない、という。

「三等重役も年頃だから」

と、佐伯さんが、赤ぐろい歯ぐきをのぞかせた。

「たぶん、胸のふくらんだ小娘のことでも考えていたんやろ。ひぇへッへッへへへ」

職長がニタニタと笑って、うなずいた。

友二は無性に腹が立ってならなかった。恥しらずめ、とこの佐伯さんや職長の顔を、思いっきり強くなぐりとばしてやりたいような衝動にかられた。せめてツメのあかほどでもよい、指をはさまれた河村くんの身になってやってもいいじゃないか、と思ったのだ。ところが、そんなものはここには少しもない。同じ働く身でありながら。それにしても、あのとき彼が飛んでいって素早く歯車をはずしてしまったから、まだよかったといえるのである。もう一刻おそかったら、ギアはさらにまわり、河村くんはずるずると、そのまま手首までも引きこまれたのにちがいなかった。

「バイトの先に材木がチラつく」といっていた昔材木屋の三等重役氏は、こうして友二の目の前から消えていったのだ。こんどは誰の番だろう。ふと、そんなことを考える。おれの番かもしれない、と彼は思った。まったく予想もつかぬ瞬間に、それはやってくるのだ。

ヒタヒタとぞうりの音がきこえて、斎藤さんが医務室から戻ってきた。

「河村くん、どうですか」

「……ふム」

斎藤さんは、ひくくうなずいただけだった。

「気の毒でしたね。彼」

「なにせ、ケガは会社がもっちゃくれねえかんな」

「いくんちぐらいでなおりますか」

「なに、大したことはねえだろ」

「なおって、また戻れますかね」

「だめだろう。一度やると」

「だめというと、機械がこわくなるんですか」

「それもある」

「ほかにも」

「うん、それにな、会社がやつを戻さねえだろ、たぶん」

「すっと、ケガして首ですか」

おもわず言葉が鋭くなった。

斎藤さんは、ふムと口のなかでつぶやき、それ以上はこたえず煙草に火をつけた。眉と眉との間に、切りきざんだような深い縦じわがよった。友二は、その横顔をくいいるようにみつめた。河村くんがケガをしたときに、猥雑な言葉で笑った佐伯さんといい、ニタニタした職長といい、友二は吐気がするくらい、これらの人たちに腹が立ったが、ケガをしたら首になってもしかたない、ふム、とうなずく斎藤さんをみるとき、なんだって会社にかけあってくれないいんだろうと、もどかしさを感じる一方で、やはりつめたい人なんだ、と思った。いや、斎藤さん一人がつめたいのではない。工場の中ぜんたいがそうなのである。同じ屋根の下でいっしょに働いてみても、みなはそれぞれひとりぽっちで、自分のカラにとじこもってしまっているのだ。同じ働く仲間であっても、ここにはおたがいにつながる心なぞ、すこしもありはしないのだ。自分を支えていくものはやっぱり、自分ひとりしかいないのかもしれない……と、友二は考えた。すると、いっさいのものが、あまりにわびしくせつなかった。自分がなんのために生き、なんのために働いているのだか、かいもくわからなくなってきたのである。人々は、このつめたい「世界」の中で、しだいに体温を吸いとられ、人間の心を失い、ただ働くためにのみ生きるようになるのかもしれない。生きるためにだけ食っているのかもしれない。そう思うと、やるせないような悲しみが、胸の底からぐいぐいととめどなくこみあげてきて、熱く彼の目をにじませたのである。

風が、ひくく川の上を舞っている。

冷えきった風の一群は、うなりをあげて川下からやってくると、のしかぶさるように橋の上におしよせる。空は一面うるしを流したように黒く、そこに星のカケラひとつ見ることもできない。ただ、ガスタンクのまわりにつらなった赤い灯だけが、螢火のようにうす赤く闇ににじんで点滅する。空気は氷のように鋭利に張りつめていて、身体中が寒気で圧縮されていくようだ。

十時の残業をおえた。友二はすべての力を抜きとられよろよろと歩いて、橋の上にやってきた。手も足も頬も、空気にふれるすべてが冷たくかじかんでしまって、しだいに感覚を失ってきた。しかし橋の上までくると、彼の足どりはにわかに活気を増した。一本二本三本……とかぞえていって、たしか八本目の支柱。その鋼鉄のボルト穴の中に、チエがいる！　チエのあたたかい思いが、ひっそりと小さな紙の中にくるまって、彼のやってくるのを待ちあぐんでいることだろう。

彼は足を早め、やがて無意識のうちにかけ足になり、一直線に支柱の下にたどりついた。瞬間、ほんとにチエはここにいるのだろうか、という思いが、光のように頭の中をよぎって、その動作をいっそう敏速にせきたてた。友二はあたりを見まわした。もちろん、だれもいはしなかった。ボルト穴に指を入れた。指はこごえてなかなか自由にならなかった。思いきって、さらに深くつきいれると、カサリとさわった。たしかな感触！　収縮していた胸が、いっぺんにおどりあがった。が、これを取るのが、また一苦労であった。意外に長い時間がかかった。ようやくてのひらにのせ、右手のツメで、小さくまるまった紙をときほぐし、くりひろげてみると、それは一枚の便箋だった。

北風が、またひとしきりうなりをあげて吹いてきた。で、支柱の陰に身をよせる必要があった。するとうまいぐあいに、支柱にともされた照明が、便箋の上に斜めに落ちて、チエのこまかい文字をくっきりと浮かびあがらせた。

トモちゃん
さむいかい？
頭がいたくなりそうなの？
もうすこしだよ
しんぼうおしよ
わたしの歌に　耳をすますがいい
しずかに心をゆするひびきに
あんたのねがいをあわせてうたうんだよ
ほうら　ね？
ちょっと　悲しみが消えてきたろう

チエの文字がかすれた。その輪郭が友二の瞳の中でぼやけた。母親が寝たきりで、どんなにか苦しい立場にあるチエなのに、手紙にはなんの泣きごともみつけることができなかった。その苦しさに耐え、ほほえみながら、友二のことを想いつづけるチエの心があった。それが彼の胸をついた。今にもくずれ落ちそうになっている心に、強い支えがうちこまれたかのようだった。

友二は唇をかみ、顔をあげた。

とたんに、橋が大音響をたてて鳴ったのである。鋼鉄の面を、思いっきりつよくハンマーで叩いたように、カーンと。

橋に使用されたすべての鉄材が、極度に冷えきった寒気に収縮したのだろう。そして、つぎの鉄材とのあわせめでずれて、悲鳴をあげたものにちがいない。橋だって、やっぱり寒いのだ。それでもじっとこらえて、近づいてくる春の足音に耳を傾けているのだ。

14

若者の瞳に　娘の瞳がかさなる
霜ふる夜
残業に疲れ果てた娘の体に
オーバーもなくさす風は冷たい
十二時間も働かされ
越年資金は十一月分の払いに消えると

訴える娘の瞳が　若者の瞳にかさなるとき
二つの瞳が　一つの炎となって
　燃え上る

チエ・チーコ・チーちゃん。
いけない、ほんとにいけない。
ねむくってマブタが、すぐくっついてしまう。それをこらえようと、一字一字、ほんとに力を入れて
きざみこむように書いているんだけど、
ゴメンね。すぐ頭ン中がぼーっとけぶってくんだ。
君は元気かい？　お母さんは元気かい？
毎日まいにち、そのことだけが心配

ああ、風がはげしく吹いている。

雨戸が、ドッドーンと音をたてて鳴っているよ。しばらく間をおいて、ザワザワッと頭の上でヘンな音がして、なにかが激しく地におちるんだ。吹きっさらしの風にまじって、それは横なぐりにふいてきて、バラバラッとまた窓をたたく。

あの音、あのおと！

「こんばんは、こんばんは」

と、だれかが表の戸を叩いているみたい。そんな声がきこえてくる。耳をすます。くるはずのないチーコが、なんだか、戸のむこうに立っているような。

ぼくは、思わず立って、ほそめに窓をあけてみた。

まっくろな空しかみえなかったよ。この空がチーコの家の空につづき、この土が君の家の土につながっているのに、それなのに、もうだいぶ会わないんだね、ぼくたち！

もう、十二時をすぎてしまった。

きのう読んだ本に出ていた小さな詩が、あんまりぼくたちのことに似ていたので、この手紙のはじめにうつして、君のもとに贈ります。

（友二）

〇

トモちゃん。

お元気でしょ？

あたしも、とっても元気。うン、ハリキッてる。今日なんかね、ひとりでグングン仕上げをやってね。

たいていは疲れるからって、半日交代なんだけど、あたし一日やって一〇八車（トロでよ、オリーブ石鹸が三十九コ入ったボール箱二十箱が一車）も、仕上げちゃった。スゴイでしょ？

でも、とっても、おなかがすいちゃう。

十一時ちょっとすぎると、早くおひるにならないかな、って待ち遠しいんだからそいでね。

今頃は、トモちゃん、なにしてるんだろう。やっぱり、おなかがすいて、お弁当のことを考えてるかしらナーンテ変なことを考えて、ひとりでクスクス笑っちゃった。

中河っていうあの工場の中で、トモちゃんは、どんなにしてるんだろう？　見たいなあ、一度でいい、トモちゃんが、顔に油をくっつけて、仕事をしてるとこみたい。

そいでさ、うふッ、ごめんね。

実は昨日の帰りに、そうっと、あの工場のそばまでいってみたんだよ。

窓には、みんな金網が張ってあるわね。あたし、その金網に、ほっぺたと鼻をおしつけて、あっちの窓こっちの窓と、一生けんめい見ていったんだけど、暗くてとうとうわかんなかったよ。おかげでさ、ほっぺたと鼻の頭に、金網のあとがついちゃった。

ジリジリジリジリ！

あれ、もう、一時の始業ベルが鳴ったよ。シャクだなあ。

あたしのだいすきなひと。

そして、ちょっぴりハンサムなヘナチョコさん。ごきげんよう。
※カアちゃんは、寝たまま。でも元気。今、田舎からバアちゃんが手伝いにきてくれてるから安心よ。

（チエ）

○

なんだって？

工場の窓をのぞいて歩いたんだって？　見つかんなくてよかったよ。あんなとこをのぞかれたら、弱っちゃうよ。

みんな、どろんと死んだような目をしてるもの。

ところがな、今日はな。そのどろんとしたみんなの目が、急にいきいきと輝き出したんだ。技術局長が西ドイツから帰ってきたんだ。そんなのが帰ってきたって、ちっともうれしくもなんともないけど、偉いサンが出迎えにいってしまって、見まわりにこないのと、全員八時で仕事がおわるということ、一杯のめる、というんで、みんな、すごく有頂天なんだ。

夜八時。おれもみんなの尻にくっついて、紅白の幕の張られた会場にいってみたよ。

そしたら、金ぶちメガネのニヤケ局長は、

「エー、みなさん、わが日本は」

と、大きく出た。しかも黄色い声で、まるで外務大臣みたいに胸をそっくりかえして、喋りだしたんだ。「あとひと押しで、われわれは、ドイツの印刷機械に対抗できる、と、不肖この私はにらんだのであります。それに致しましても、彼等労働者と資本家は、なんとまた仲良く一ツ心でやっているのでありましょうか」

エヘン、と一つ咳ばらいをした。

「あの戦争が終わった直後、彼等はコジキにもひとしいような生活から、なんと無報酬で一年間、工場の復興建設に邁進したのであります。不肖この私は、は、それをこの耳できました時、驚愕と尊敬の念を禁じ得なかったのであります」

はッははははと、隣りで斎藤さんが口をおさえて笑ったよ。

「この耳できかなきゃ、どの耳できくんだい？」

おれも、思わず笑ってしまった。あんまり滑稽だったからさ。技術局長の話は、とうとうみんなに笑いとばされてしまったよ。

今日は久しぶりに、気分が明るく痛快だった。

疲れちゃって、なかなか考えがまとまらないよ。でも、切手のいらない郵便局、てんで役にたつね。もっと役にたたせるために、こんだこういうふうにするのは、どうだろう？一週間ごとに、まずなにをどうやるか。たとえば、今週はどの本をよむ。そのノートをどういうふうにとる。そして、君は家事のこともいろいろ……テナぐあいの計画を、あらかじめ先にたててみようよ。そして、その計画にそってやってみようよ。土曜日になったら、ふりかえってみて、どこがどううまくいったか、まずかったか、一応のしめくくりをつけよう。そして、もっとよい方法がないかを考えてみよう。苦しいけれど、一歩々々ぼくたち進んでいくんだ。……春がくるまで。

ね？　どうだろう？

（友二）

○

トモちゃん、こんばんは。

トモちゃん　すっかり元気になったね。

チエ、とってもうれしい。

そして、トモちゃんの考え方、あたし、大賛成だよ。でも、でも、やっぱり会いたいな。とっても会いたいな。そうだ、あしたの夜十時半に、あたし、橋の上に行こうッと。家んなかも、カアちゃんのことでほんとに大変だけど、あしたは、どうしてもいくんだ。そして、これからのいろいろな計画を話すよ、いっぱい！
そして、トモちゃんを、元気にしてあげるよ、もっと。
あたしの、いちばんの友だち。
あたしの良心……
あたしの希望……
そして、あたしの、かわいい坊や。
坊やが、いつもあたしのそばにいてくれたら、そしたら、ほんとに嬉しいんだけどな。
トモちゃん。
よい夢をみて、楽しい夢をみて。
やすらかに、おやすみなさい。
あしたまで、もっと元気でね。
（チエ）

15

朝。友二が工場の門を一歩入ると、タイム・レコーダーのとなりに、大勢の背中がむらがっているのがみえた。

そこは会社の掲示板になっていたが、ふだんは安全週間のポスターが破れ目をぴらぴらさせているだけであり、かつて一度も、目新しいような掲示が出されたことはなかった。ところが、今日はなにか変わったものが張りだされてあるらしい。昼と夜と、二食分の弁当箱をこわきに職工服が、丸まった背中をこちらにむけて、じっとたたずんでいることでそれとわかる。

友二は不審に思って、掲示のほうへいってみた。

みんなのうしろから、のびあがるようにして前方をみると、白い紙の一端がちらと見えた。見出しの一行がぱっと目の中にとびこんできて、それは〝私達の会長さんに輸血の奉仕を〟というのである。墨の文字がふとぶととした感じで書かれ、ごていねいな赤丸がうたれてあった。会長が胃潰瘍だということは、前にうわさできいたことがあるから、たぶんそのことにちがいなかった。しかし、〝輸血の奉仕〟という言葉は、彼にはなぜかピンとこなかった。ふーん、そうか、ということでしかないのである。それはどうやら、会長という存在がはるか遠くの、どこか別の世界の人種のように思えるからにちがいなかった。

友二は、中河甚太郎というこの病気勝ちの会長を、たった一度だけ見かけたことがある。彼がこの工場に入って、まだまもなくのこと門のところに見なれぬ二人の男が立っていた。どちらもでっぷりとした身体で、頭がハゲあがっていたので、工員ではないことはその身体つきで一目でわかった。友二はふしぎに思うのだが、どういうわけか、工員はみんなギスギスとやせていた。あんな油ぎった〝太っちょ〟は一人もいなかった。二人のうちの一人は〝ソーセージの鼻〟をぶらさげた職長にちがいない。職長がなにかいうと、もう一人の男は大きな身体をゆすって笑いだし、笑いながらゆったりと歩きだした。

「ありゃ、ここの親玉だよ」

と、隣りで河村くんが耳うちしてくれた。友二は、なるほど、と感心した。同じ人間でありながらおれたちとは、やっぱりどっかちがうと思ったからだ。その笑い声は、今も耳のおくに残っている。肥満体質のあぶらぎった体軀、そして、ぶあつい二枚の唇、鈍重な赤ら顔が〝輸血の奉仕〟の先にあざやかにうかびあがった。

「気の毒に、おっさんもいよいよおだぶつかな」

だれかが、ひくくつぶやいた。すると、人ごみの前方でききおぼえのある声が、

「あのホテイどんがよう」

と、いった。「こんな時ばかし、私達の会長さんだとよう。ひぇヘッヘッヘヘヘ」

たしかに、佐伯さんの笑い声だった。

「大方、うめえもんの食いすぎやろ」

「食いすぎ、飲みすぎ、ためすぎよ。みろ、〝私達〟が会長さんの上で、肩身がせまいと泣いてるわ」

「手術だとすると、チトお気の毒な気もするが、考えてみりゃ、わっちらもお気の毒なもんよ」

野ぶとい声がきこえた。あれはボール盤を動かしている山形さんだ。ガタさんという。ガ

タさんは靴をはいて映画館にゆき、前の席に足をあげて映画をみて家に帰ってきたら、うっかり隣りの客のゲタを両足ともはいてきたという〝有名人〟だ。

「朝、暗いうちに家を出て、夜、まっくら闇の十一時に家にけえって、おれら、正月でもねえかぎり映画一つも見らんなきゃ、クソも家でおちおちたれたことがねえ。して病気にでもなりゃ元も子もパーだ。

　これもチトお気の毒じゃねえか。一日に一度のおクソぐらし、ゆるゆると家でたれてみてえもんや。したら、しこたま血もたまって奉仕もできるんによう」

　気の毒に、と思う人、ばかにするなと思う人、いろんな人が工場の中にはいるのだ。が、ガタさんのさいごの言葉で掲示板の前の人たちは、ようやく動きはじめた。友二も歩きだした。ふと、カードを押すのを忘れていたことに気がついた。あわてて、タイム・レコーダーの方に足をのばすと、掲示板の横に高橋くんが、すきとおるような顔でニヤニヤしていた。目も鼻も唇も、あらゆる造作がほそくてうすくて、どこか病弱な少女のようにかぼそい感じである。

　彼は、ちいさな声でささやくように、

「三等重役も、やめたね」と、いう。

「え、河村くんが?」

「やめたんだ。とうとう」

「いつ?」

「知らない。なにしろ、タイム・レコーダーのカードがなくなってるよ」

そして、彼はみんなやめちゃうんだなあ、と、口の中でつぶやいた。

友二はあらためてカードさしをみた。ずらりと垂直にならべられた各人のカードは、どれも手あかをつけて油じみており、しかも角かどが丸まってよじれ上っていたが、下から順にみていくと、赤紙のカードがおどろくほど多い。長期欠勤者がこんなにもたくさんいるのだ。そしてなおもよくみれば、カードは番号の途中で、いくつもぽつぽつと欠落している。最近になって、退社組が続出していることを教えている。

高橋くんのいう通り「長難」のカードは見えなかった。その個所は、穴になっていた。きのうまではたしかにあったのに。指のケガもなおって、今日あたりは、

「おうス」

という、はりきった声がきけるものとばかり思っていたのに。友二は、自分のからだの中から、なにかが引きはがれていくような気がした。

河村くんは、たしかにやめていったのだ。直接事務所に来たのか、あるいは手紙か電話でいってきたものか、そのへんの事情はわからない。が、彼はやめた。だから人事係は、不必要になったカードをはずしたのだ。河村くんは、機械がこわくなったのだろうか。ケガの性質上、もう工場では働けなくなったのだろうか。それとも「使いものにならん」といって、会社が彼を追いたてたのだろうか。友二は考えたが、わからなかった。「会社が、やつを戻

さねえだろう」と、斎藤さんはいったが、やっぱりそのことで彼はやめていったのかもしれぬ。

「なんかいいことがないかねえ」

工場にむかって歩きながら、高橋くんがいった。友二はあまり喋りたくなかったから、ただおざなりに、うんうんといっただけだった。頭は、河村くんのことでいっぱいだったのである。

「だけど……」

と、高橋くんは急に思いだしたような調子でいった。「だけど、胃潰瘍って、癌になるんでしょ」

「ああ」

友二は足をとめて、おどろいてききかえした。

「あの、会長の？」

「うん」

高橋くんは小さくうなずき、友二の顔をみて、またかぼそく笑った。北風がふいてきて、マフラーのない襟もとに、ぞくっと鳥肌をうきたたせた。友二は、彼の白い顔をみつめてとぎれとぎれにたずねた。

「君、輸血するつもりなの」

「どうしようかなあ、と思ってるんだ」

「そう……」

「だって、手術するときに血がなくっちゃ、気の毒だもん」

高橋くんは、ひくくつぶやくようにいった。友二は、そういう高橋くんの顔をなおもみつめつくした。

石膏みたいに白くて、口の両はじに老人のようなしわが、こまかくういていた。友二は、その腺病質なかぼそい顔のむこうに、ふと、肥満体質のあぶらぎった、あの大きな赤ら顔が重なるのをみた。会長と高橋くんと、それは、たとえようもなく奇妙なとり合わせであった。おそらく、高橋くんは会長を尊敬しているのでも、その病気を案じているのでもないのではないかと、友二は思った。彼は彼なりに、奉仕のあとのいくらかの謝礼と、奉仕を申し出たあとのプラス面といったものを、ひそかに考えているのではないのだろうか。こんなふうにみるのは、おれの邪推だろうか。が、いずれにしても、このことはあまりにもわびしく悲しいことだった。

……会長なんぞより、君の身体のほうが、よっぽど輸血が必要なのに。

と、友二は思った。その高橋くんのためなら、おれの血だってわけてやるのに、と、さらに、思った。

高橋くんの顔をまともにみることができなくなって、彼はうつむいてしまった。ぞくぞくと、また背筋に悪寒が走る。

「おれ、便所によっていくよ」

友二の心の動きを察してか、高橋くんはそういってきびすをかえしてしまった。友二は立ちどまって、そのうしろ姿を見送った。たとえようもなくさむざむとした感じだった。友二がその場に立っていることを充分に意識しながらも、高橋くんはふりむかなかった。

工場の現場にいくと、斎藤さんが機械のそばで、作業服を着ているところだった。寒気をふせぐために、彼はズボンを二枚も重ねてはいた。友二がそばによっていくと、斎藤さんはむっつり顔をあげて、

「このごろ、おめえ、しこし青い顔してるなあ」と、いう。

「河村くん、やめちゃったですね」

友二は、怒ったような表情でいった。

「……ふム」

もうすでに知っているのか、斎藤さんはひくくうなずく。

「で、なんだ?」

「ケガすっと、やめなくちゃなんないんですか」

「ああ、そのことか」

斎藤さんの頬の肉が、ヒクヒクとひきつって動いた。

「そりゃ、自分の意志だろうが」

ぼそりといった。それっきり口をつぐんでしまった。友二はだまって考えた。〝ケガした者など使いものにならん、少しでも仕事に支障をきたす者は、残しておくことはない〟というのは、なるほど会社の考え方かもしれぬ。しかしそれに対して〝いや、首になる理由はありませんから働きます〟というのは、たしかに自分の意志かもしれない。斎藤さんはそういう意味のことを、いおうとしたのだろうか。

ジリジリとけたたましく始業のベルが鳴った。友二は機械の要所に油をつぎこんでいった。起動器のスイッチをいれてバイトをとりかえる。まずバイトをおさえている四本のボルトをゆるめねばならぬ。

だが、どうしたわけか、満身の力をスパナをこめても、今日はまったく手ごたえが感じられない。腰に力がすわらないのだ。と、いつのまにか斎藤さんがそばによってきて、かわってスパナをとった。

「なあ、石田よ」

と、ひくくいう。

「人がさびしいのをよう、てめえがさびしがったってはじまらねえんだぜ」

友二は、息をつめた。

「それで人のさびしさが消えるならともかく、所詮なんにもなりゃしねえじゃねえか」

「…………」

「それよか、おめえは、早くいっぱしの腕をつけるこんだ」

バイトは仕上用のヘール・バイトにとりかえられた。印刷機械を両側からどっしりと支える側面の片側は、荒びき作業が完了し、いよいよ今日から、さいごの総仕上げにかかるのだった。ベルトが扇風機のように風を切ってまわりだすと、カラカラと大歯車がかみあってうなりだし、ゴンゴンと轟音をあげて工作物をのせた仕上台が動きだした。

斎藤さんの目の中で、なにかが光ったようだった。斎藤さんは右手で第一ハンドルを軽くにぎり、バイトの上端のボルトにかけたボックス・スパナを左手にかまえ、右足一本で身体の重心をとって、さらに左足をクランク・ハンドルの上にかけた。地鳴りのような音、遠雷のようなひびき。仕上台が突進してくると、直立している斎藤さんの両手両足が、まるであやつり人形のように素早く動いた。一直線に前進してくる仕上台は、真黒でどうもうな闘牛のようである。斎藤さんの姿はひらりひらりとかわしながら、この闘牛に一撃をくわえる、あのスペインの闘牛士を思わせた。

ヘール・バイトは、小さくて先端が平らで、氷の上をすべるように音もなく流れる。と、切粉がサラサラと宙におどった。仕上台が後退する。とたんに、斎藤さんの右手のハンドルがつむじ風のように、グルンと一回転半まわる。バイトは四分から五分、すすっと生き物のように移動した。ここで半分まわしそこねても、もう品物はオシャカだ。斎藤さんの顔に、びっちりと汗が玉になってういている。目の玉だけを動かして友二をみると、いきなり一つの声を放りなげた。

「おい、まわせ！」

「はい」

友二は、とんでいってハンドルをとった。つめたいハンドルが、斎藤さんの手の汗で、じっとりとぬくんでいる。と、たちまち仕上台が後退にかかった。

「そら、まわせ」

「一回半」

「ようし、一回半！」

バイトがなめるように左に移動して、工作物の新しい目標をみつけると、ひた走りにズンズンすすんでゆく。誘導弾のようだ。カタン、とクラッチが突拍子にかかった。無意識のうちに腕に力がこもった。

「一回半」

「ようし」

「一回半……」

バイトの軌道が、一定のはばをもって銀河のように横に長く光った。すると鉄の表面がキラキラ光って、まるで帯状のまばゆい鏡だった。が、みるみるその表面ににぶいかすみがかかっていく。目の前が、ぼやぼやとぼやける。

「ようし、その調子、もう一回半！」

斎藤さんの声が、どこか遠くのほうできこえたような気がした。ズーンと頭の芯がしびれ、目の前がかすれた。バイトの調子をしっかとみつめようとすると、サラサラと落ちる切粉の波の中に、なにかのかげがゆらめいた。あれはなんのかげ？　しだいに大きくふくらんで、みるみる一定の形になってくる……その正体を見きわめようとして目をこらすと、顔だ、だれかの顔だ。なおもよくみつめると、それは河村くんである。と、同時に高橋くんでもある。チエでもある。つぎの瞬間もう茫漠としてとりとめがつかぬ。河村くんは、やっぱりやめてしまったのか。髙橋くんは、ほんとに輸血をするのだろうか。そしてチエは。ああ、チエは今頃どうしているだろう。もう、しばらく会っていないけれど、やっぱり、太陽のような微笑みを忘れずにいるのだろうか。気を落とさずにいてくれるだろうか。

「よし、そこまで」

その時、斎藤さんの声が、キリのように鋭くつきささった。

「バイト上げ！」

はっと、ハンドルを握った。仕上げ作業の第一段階の完了だ。だが、凹凸にはげしい工作物のために、バイトをあげるには寸時を争わねばならない。全身の力を右腕にかけて、思いっきり強くハンドルをまわした。

「ああっ、ばか！」

とたんに、友二は激しい力で突きとばされた。斎藤さんの大きな身体が横っとびにすっとんでぶつかったのだ。と、みるまにハンドルを取り、プロペラのようにそれをまわした。友二は棒のように立ちすくんだ。

バイトの先端がズズッ……と前進、仕上台に小さな衝撃波がおこりはじめた。彼はまちがえて第二ハンドルをまわし、あげるべきバイトを、逆にさげてしまったのである。さげるバイトは、重量が加算されるので、ハンドルを一回まわしても、ズズッと軽く落ちるが、あげるにはそうはいかない。

斎藤さんの長い腕が、ちぎれるようにまわった。すさまじくうなりを上げて、ハンドルが急回転した。

仕上台はギリギリに前進、すでに後退にかかろうとしていた。バイトが、徐々にあがりはじめた。友二は、顔中いっぱいに目を見ひらいた。ふとスイッチを切ろうかと思った。しかし、もう間にあわなかった。カラカラというひびき、カタン、とクラッチがおりて、仕上台は後退にかかった。凹凸の激しい工作物が、バイトと真正面から向かいあった。その距離がみるみるせばまった。あっ、ぶつかる、吹っとぶと思った時、彼は思わず目を閉じた。

まばたき一つするような瞬間に、ほんの紙一重の差で、ヘール・バイトの先端は、品物からはなれた。

まるで何事もなかったかのように、仕上台はバイトの下をゆるやかに走っていた。

友二は深い息を胸で吐いて、おそるおそる上目づかいに、斎藤さんの顔をみた。頬のあたりが無気味に青白く、目のふちがひきつっていた。彼はだまって頭を垂れてしまった。紙一重で深刻な危機をのりこえたというものの、もう一息おそければ、バイトが折れて吹っとぶばかりでなく、品物も機械もオシャカにしてしまうところだった。そのバイトが吹っとんで、身体にでも突きささされば、さらには人間をも癈人にしてしまうだろう。これは、どんなにひどい罵倒を受けてもなぐられても、しかたのないことだった。友二はふたたび顔をあげて、罰をうける生徒のように、斎藤さんの目の奥をみつめた。だが、すっと眼をそらしてタバコに火をつけながら、

「しょうありませんなあ」

と、斎藤さんは、ひくくいっただけだった。

その日、彼は定時で仕事をおえて帰ることにした。斎藤さんは、相変わらずなにも喋らなかったが、こんな時に、むっつりと黙っていられることは、かえってたえがたい苦痛だった。それにまたぞくぞくと背筋が冷たくなってきて、立っているだけでも、思わずめまいをおこしそうだった。ふらふらとよろけるような足どりで、彼は工場の門を出た。

自分の爪先だけをみつめて、一歩一歩ふみしめるように町を歩き、そして橋の上にやってきた。背筋に悪寒が走って気味わるく、歩くたびに関節ががくがくする。が、どうしたわけ

か、額には火のような熱がもえていた。この頃、身体の調子がおかしくなってきたな、と彼は思う。頭の中は、濃霧がいっぱいにたちこめたように茫として、ほとんどなにも考えられない。ただひとつの思いは、チエに会いたい、ということだった。それだけが光のようにひらめく。なにも語らずともよいのだ。ただ、チエがそばにいてくれさえしたら、ただ、それだけで、あたりの空気があたたかな色でなごみ、悪感とうっとうしさがけしとび、ふたたび、新しい力が自分の内部によみがえってくるだろうと思う。

彼は、足を早めた。

例の場所に、まっすぐ近づいていった。今のこの自分をささえるものは、橋の八本目の支柱の中にしかなかった。チエの思いしかなかった。彼は憑かれたように走った。一本、二本と通りすぎる鉄骨の支柱を、目の片隅でかぞえた。そして、六本、七本……八本目の支柱の前にたちどまった。

橋の上には、まだいくらか人の流れがあったが、好都合なことに、すでに暗かった。彼が支柱のわきにたたずんだとしても、通りすがりの人に怪しまれることは少しもなかった。人びとはみな帰りを急いでいたし、この殺風景な場所から、一刻も早くたちさりたかったからである。

ボルト穴の中にチエの手紙はあった。鉛筆の文字は小さくかすれていた。

トモちゃん。

あのおうち、あのお部屋のお母さんとならんだおふとんの中で、あなたはきっとまだ眠っている。やさしい口もとに、かすかにほほえみをうかべて眠っている。いくらおふとんを頭からかぶってもチエにはちゃんとそれがみえる。少しはにかんだように微笑んで、トモちゃんは夢を見ているのかもしれない。

うん、そうだ。きっとそうだ。ね？　チエの夢、トモちゃんのチエ、まあるい　目　の夢……。

チエには、ちゃんとそれがわかる。

だって、今目がさめるまで、チエも夢をみていたんだもの。とてもきれいな、楽しい夢だったよ。

その夢のお話、してあげるね。

……ゆったりと、のどかに大きな川が流れてる。この川はよく澄んでいて、お魚もいっぱいいるのにちがいない。子どもたちがパチャパチャしぶきをあげて泳いでいたし、のんびりと、釣り糸をたれているおじさんたちも、たくさんいたから。

この川の両側には高い土手がながくくねって、その土手の上の道もまたどこまでもつづいている。

白い花や、赤い花の咲くその道を、トモちゃん、わたしたち一緒に歩いていったのよ。

「アノネ、アノネ……」

チエは、あとからあとから、いろんなことをすっかり喋る。

「そうかい?」「そうなんだ」「ふーん」うなずきながら、チエの顔をみかえす時、トモちゃんの目がキラッと光ったよ。トモちゃんの白いならびのいい歯がとてもきれいで、まぶしいほほえみだったなあ。

そして、わたしたちは腕を一つにくんで、足どりもひとつだったよ。

よっぽど、たのしそうに見えたからだろうね。みんな親しげに笑って、わたしたちをみていたわ。ゆったりとした流れのそばの、白い花のある土手の道だったよ。

トモちゃん、まだ眠ってるの?

くたびれるからねえ。よく眠ったほうがいいわよ。よく眠って、たくさんゴハンをたべて、しっかりと強くならなくちゃ。チエ、心配だもの。夢の中の道は美しくてたいらだったけれど、目がさめて歩いていくわたしたちの道は、ほんとうにきびしく、けわしい道なのだもの。
(チエ)

16

手紙を読みおえて、友二は顔をあげた。心の内側が満ちたりてきて、にわかに頭の中がさえざえと澄みきったようだった。彼は川の流れをみた。黒々とした水のおもてに、チエのまあるい目が揺れて笑っているようだった。ふいに、チエがそのへんにいるのではないかと思えてきた。すぐ隣の支柱の横にでもかくれていて、びっくり箱のように、ぱっとあらわれてくるような、そんな気がしてたまらず、彼はあちらこちらを見まわしたのだった。念のために九本目の支柱のかげも、そっとのぞいてみたのである。だが、そこにたたずんでいたものは笑顔のチエではなく、まっくろな空間の殺風景な沈黙だけであった。

風がひどく冷たかった。指先がかじかみ、しだいにしびれていく。彼は五本の指を、思わず口中にいれた。ハアハアと息をはきかけた。つぎにその手をごしごしとズボンで強くこすった。そうだ、こんだチエに会うときは、こうして手をあたたかくしておこう。そして、その手で冷たいチエの手を握りしめてあげよう、と思った。

突然、背後に人のけはいがした。(だれ? チエ?)を思うまもなく、いきなりぽんと肩をたたかれたのである。

「よう」

びっくりして、ふりかえった。

薄暗い中に、あざやかな白い歯なみが浮いている。そして、ぬけっとした大きな体躯であり、黒い顔だった。

「ああ、だれかと思ったら」

オーバーのえりから、格子縞のマフラーのはしをちらとのぞかせた河村くんが、ヘッヘッと笑って立っていたのだった。なつかしさと親しさがいっしょくたにこみあげてきて、友二は身体中があつくなった。

「その後どしたい」

「おれか。どうってこともねえよ」

と、河村くんは歯ぐきをむき出しにしていう。

「でも、よくわかったね、ここ」

「そりゃ、第六感よ、ヘッヘッヘ」

「どうしてわかった」

「いや、あんた、てっきり残業だと思ったから、実は工場にいったんだ。たまの一日ぐらい定時でひっぱっても悪くねえと思ってな。したら、今帰ったばかりだっていうんでよ」

「で、追っかけてきたってわけだな」

「その通り」

「ケガのほうは、どう？」

「ヘッヘッ、こんなもの、一杯やるにゃなに不自由はないさ。不自由するのはふところよ。カネがないのは、首がないより始末がわるい」

見れば、指にまだ白いホータイが巻かれていた。河村くんは、なにを思ったのかその手をあげて、いきなり走ってきたタクシーをよびとめた。

友二が目を丸くしてたたずんでいるのを見ると、「さ、のれのれ」と、彼はうながす。このあいだの礼だ一杯いこう、というのである。友二は、もともと酒も煙草も飲めない体質だったが、そういわれてみると、なぜか急に酒が欲しくなった。この河村くんと一緒に飲みたくなった。飲んで飲んでたとえひとときでもいい——自分のすべてを忘れるぐらいに酔ってみたら、一体どんなに気持が軽くなるだろうかと思った。この重い心の底のよどみを、どこかで一時に払拭したかったのだ。それにはちょうどいい機会だった。

「どこへいくんだ」

車の中で、友二はたずねた。

「北海道」

「北海道?」

「北の果てだ。たまにはいいだろ」

どこか知らない道を右に左にくねって、車は走った。車が揺れるたびに、友二の弁当箱の中で、二本の箸が力タコトと小さな音をたてて鳴った。暗い道をまっしぐらに走ってしばらくいくと、やがて町はにわかに明るく活気づいてきた。「北海道」というのは、小さな飲屋の名前だった。それはビルの谷間で、ほそい急階段をおりていった地下にあった。

コンクリートのせまい通路を、河村くんの尻について歩いていくと、縄のれんがあって、あたりが急に明るく目の前にひろがり、いくつかのテーブルをかこんで人々が飲んでいた。都会の騒音からまったく遮断されて、ふしぎなほど落ちついたところだった。四つ足をひろげた熊の毛皮が、壁いっぱいにかざられているのが珍らしかったが、ランプがともされ、カスリの着物をきた断髪娘がいるのも面白く思えた。

「さ、一杯いこう」

河村くんは、グラスをとった。

「あんたには、いろいろ世話になったよ。とくにケガをしたときにゃな。おれはグウタラでも、そういうことは忘れねえんだ」

「ばかいうなって」

友二はいった。

「それよか、お前、ほんとにやめちゃったのか」

「工場か、おれは、もうあきらめた」

「ケガした時、会社の方でなにかいったのかい」

「いや」

と、河村くんは、そくざに首を横にふった。「何もいわなくたって、一日働いて、たったの百五十円じゃ、どこまでいってもウダツが上らねえぜ、あんた。オレさまが、こんなにハムサンドボーイでぞっこんもてても、日給百五十円です、なんてったら、娘っ子はとたんに一人残らず逃げていっちまうよ。三等重役も、いいかげんバテてくるぜえ、それに」

と、河村くんは言葉をつづけた。

「おれは仕事してても、バイトの先に材木がちらついてしょうがねえんだ」

まだちょっぴりしか飲まないのに、彼の顔はかなり染まっていた。じっさいは口ほどではないらしい、そしてなかなかのご機嫌だった。みていると、こちらまでがいい気分になってくるようだ。彼は酔って、大げさな身振りで、前につとめていた材木問屋の話をしはじめた。

「おれなんざ、あんた、〝アラサ!〟と一声かけて腰をひねりゃ、十五貫もある梁をひょいと、肩にかついだぜ」

「十五貫も?」

「ああ〝アラサ!〟といくんだ。すりゃホイだ。力じゃねえコツだよ、あんた。もの心つきはじめた頃から、一途にうちこんだコツだぜ」

河村くんは、小学校をおえるとすぐ、木場の材木問屋につとめたのだそうである。そこに働くかたわらソロバン塾に通い、またチビた鉛筆で、ホン、ロ、ツウ……などという職人の符丁を紙に書いて、おぼえていったのだという。腕っぷしではだれにもひけをとらぬところまできたとき、問屋の若旦那がなにかのおりに「このコジキ野郎」とどなった。それが発端で彼は衝突し、ついに店をとびだして、工場にやってきたのである。工場では、トンテンカンという鍛冶場の音がそのままテンカトレといっているようにきこえたそうな。しかし、天下をとるどころか、ものの三月もしないうちに指をつぶして、彼はいっぺんに工場生活にいや気がさした。

「しかたねえ、おりや、やっぱし材木で身をたてるんだ。けど、ありゃ酷な仕事なんだぜ。朝だって五時起きだかんな」

「八時頃からのはないのか？　それなら、おれもやるけどな」

友二が少し酔って、冗談まじりにいうと、彼は真顔になって、テーブルのふちにぐいと身をのりだし、

「だめだ、だめだ！」

と、激しく右手をふった。「そんなこっちゃ、材木がくさっちゃうぜえ」

「くさっちゃうか、そりゃまずいな」

はっはっと、友二は笑った。もちろんそれは冗談のつもりだった。しかし河村くんは身体を前にのりだしたまま、いっそう真面目な表情になり、

「それよか……」

といった。「どうだい、あんた、S時計工場は」

「S工場？　それがどうした」

「ほら、時計メーカーじゃ日本で一番でっけえ工場だ。あすこはあんた、三千人もの人間がウヨウヨ働いていてな、給料もずんとよけりゃ、組合もあんだぜ」

「うん、知ってる」

「おれはな、ほんとうはあすこへ入りたかったんだ。ところがよう、今頃になって紹介の通知がきやがったんだ」

「へえ。で、どうするんだ」

「今になっちゃもういけねえや。おれは指の先はけずっちまったし、それに、あすこの試験はひどく小むずかしいときてるんだ。とっても歯がたたねえよ。とにかく、おれさまはもう工場生活はあきらめたんだ」

「そりゃ、惜しいな」

「いや、惜しかあねえ」

と、そくざに河村くんはいった。拳で卓をたたいて、意味ありげにほくそえんだ。

「そこでだ。このおれさまはチト頭を働かしたんだ。おれのかわりにあんたがいけば、きっとイケる。したら、あんたも一息つけるだろうってな」

「えっ、おれがか」

と、友二は仰天してききかえした。飲めないとわかっている友二を、半ば強制的に飲屋にさそった河村くんの真意は、どうやらそのへんにあったようである。友二は、あらためて彼の黒い顔を見かえした。

そして、せきこんでたずねたのである。

「おれに、やらせてくれんのか」

「おーさ、あんたなら無駄にならねえ」

「ほんとか、オイ」

「ああ、ほんとだともよう」

「おれでも、受かるか」

「ヘッヘッ、心配すんなって。あんたはおれのようなカナヅチ頭じゃねえ、絶対まちがいねえよ」

そして、河村くんは一息にグラスをあおった。

「いつまであすこにいても、ただの馬齢を重ねるだけのこんだ。われわれ、いつかは芽をださなくちゃあな、芽を。おたがいによう！」

「北海道」を出たのは十時すぎであった。そんなに飲みもしないのに、酔いが全身にまわり、いつしか時間のたつのを忘れていたのだ。河村くんと別れて、友二は一人で家に帰った。夜の道は凍てついて、歩くたびごとに、びっくりするような足音がはねかえってひびいた。その足音を、耳に心地よくたしかめながら、おれのところにもとうとう小さなしあわせがやってきたんだ、と彼は思った。

いくら歩いても、歩いているということさえ気づかなかった。友二の脳裏には、すでにS

工場のいかめしいコンクリート塀の門が、くっきりとした輪郭でうつしだされていた。その門の中央に、グンと空に突きささってのびているのは時計台である。時計台の下には、一面見わたすかぎりのクリーム色の屋根がうねうねとつづいている。

工場の中には、たくさんの人が働いていることだろう。ピカピカ光る新しい機械。明るい室内。スチームが通り、自動機がうなり、ひっきりなしにはきだされてくる小さなゼンマイ、小さな心棒、小さな歯車……それらが無声映画でもみているように、スイスイと音もなく一ヵ所によりあつまってくる。そして、吸いこまれるように互いに組みあわさって、みるまに小さな時計をかたちづくり、たちまちコチコチと時をきぎみだす。いいなあと思う。大体おれはプレーナーなぞという荒々しい機械はニガ手なのだ。むしろ、時計のような精巧な仕事のほうがピッタリするのだ。だから、もしもS工場に入ることができたら、きっと快い気持で毎日仕事ができるにちがいない。そうしたら、どんなに正確な時計ができることだろう。

S工場に入れたら、さらに五時の定時で仕事をしまって、家に帰ることができる。チエにも会い、自分の勉強もできるだろう。しかも、それでなんとか食っていける給料がもらえるのだ。(ほんとにいいなあ)と、彼は思う。河村くんがありがたかった。今になって友二はなんどか、ありがとう、とつぶやいた。

すると、そのつぎにひとりでに唇にわいてくる言葉は、

「チーちゃん」

という、ちいさな呼びかけであった。

「チーちゃん、おれたち」と、彼は、チエがすぐそばにいるかのように親密に話しかけていた。「おれたち、ほんとうにつらい毎日だったけれど、こんどはもしかして、いいことがあるかもしれない。そうなりゃ、いいかい、まいにち会うことができるんだよ。そして、いつまでも心おきなく喋ることができるんだよ。オニギリやお菓子やくだものをたくさん持って、もうじき自転車旅行にもいけるよ、きっと。それに、すこしぐらいなら、君の家計も手伝えるようになるかもしれない。お母さんが寝たきりじゃ、君、たいへんだもんな。そして、きちんとした見通しさえたつかもしれないんだ。ぼくらの新しい生活の……」

ふいと足がとまった。そこまできてドキリとしたのだ。思わずあたりをみまわした。だれかがすぐ背後にでもいて今の自分のつぶやきをきき、自分の表情をうかがっているように思えて、友二はみるみる頰をそめていた。

もちろん、だれもいはしなかった。町まちには、立ちならぶ電柱と黒い屋根のほかにはなんにもなくて、すべてが凍結したもののようにひっそりとしている。深い夜の眠りに入りつつあった。町から町をつきぬけてきた北風の一群が、砂ぼこりをまきあげてとんできたが、寒さはすこしも感じられなかった。「北海道」の酒が、まだ身体の底にじんわりとあたたかくにじんでいたし、なにより新しい希望が、目の前にちいさく芽を出しはじめていたのである。

さまざまな思いに包まれて、彼はガスタンクの町を歩いていった。なにをどう考えていっても、結論はただ一つのところに行きつくだけだった。おれはS工場を受ける、そして受かるのだ。どうしても——と、彼は思った。年老いてなにひとつ楽しいこともない母に、これでささやかな親孝行もできるだろう。なにもかもが、うまくいくように思えて、

「どうしても!」

と、声も高くくりかえした。

17

その朝は、やはり早めに目がさめた。

S工場の入社試験は、午後から学課試験と面接とになっていた。一体どれほどたくさんの人が集まるものか、とうてい想像がつかなかった。第一日目の面接と学課でほとんどの人がふるいおとされ、この第一日目をパスした者だけが第二日目の身体検査を通って、特別な異常のないかぎりすぐに採用通知がおりる、という河村くんの話だった。したがって、問題はこの第一日目をどのようにして通過するかの一点にかかっていた。うまくいくだろうか、という不安のかげには、なんとなく、自分がすでにこの手に採用通知書を握っているような、そんな気もするのだからふしぎである。

彼は机に向かった。チエへの手紙を書いた。

「きっといいことがあるよ、あしたの五時半に、橋の上で」

と、みじかくそれだけを書いた。いろいろ考えたが、S工場を受けることは書かないほうがよい、という気がしたのだ。万が一、失敗することだってないとはいえない。それに、明日の夕方、突然採用通知書をみせて、チエをびっくりさせてやるのも痛快ではないか。

「チーちゃん。おれ、もう残業しないでもいいんだ。こんだ、おれらしい時計を作るんだよ」

なんの前ぶれもなくそういったら、チエはきっと、橋の上にとびあがって喜ぶことだろう。

便箋にしるしたチエへの手紙を幾重にも小さくおりたたんで、ポケットの奥にしまいこもうとすると、心の隅に、斎藤さんの青白い顔がひっそりとよみがえった。機械操作の失敗で、

「しょうありませんなあ」とひくくいう斎藤さんを、友二はうらめしく思った。斎藤さんらしくもないと思った。わっといっぺんに怒って、くれればいいのだ。それのほうが、どんなにスッキリすることだろう。

しかし、もうあの工場にいくことはないのかもしれない、と思うと、ほっとする一面、奇妙にも斎藤さんのことが気になってきたのである。やはり無断で休むのはよくなかった。かといって、S工場を受けるから、ともいえはしない、彼はしばらくのあいだ考えていた。名案はうかばなかった。ついに思いあまって嘘をついた。

〝母が病気なのです。

容態が思わしくありませんので、二、三日ほど休ませていただきます。

どうぞよろしくお願いします。〃

と、かんたんな文章をそそくさと葉書にしたためた。

斎藤さんへの葉書をポストにチエの手紙を橋のボルト穴にいれて、友二は、S時計工場の第一日目の試験に出た。

それは、小学校の教室を二つほどぶちぬいたような控室だった。十四、五人ほどの青年たちが、身体をかたくして待機していたが、友二が入っていくと、みないっせいに彼のほうをみた。どの表情も若く、ほとんど二十歳以下のように思えた。このうちから、たった二名だけを採用するというささやきが聞こえてきて、緊張した空気が周囲に流れた。

午後二時。試験は開始された。一人ひとりがつぎつぎと名前を呼ばれ、友二が指名されたのはほとんど最後に近かった。彼がドアをノックして入っていくと、長いテーブルをはさんで両側に二人ずつの年配の男が、それぞれ鉛筆を手にして分別くさそうな表情で坐っていた。名前をよばれた時はドキッとしたが、テーブルごしに四人の男たちと向かいあうと、彼の心はふしぎなほどおちつきをとりもどしていた。むしろ、ふだんよりも冷静だった。そしてなんでもこいという気がしたのである。

ふつう学課試験といえば、たいていはペーパーテストのはずだったが、ここでは面接をかねて口頭でおこなわれるという。そうした瞬発力が必要とされるのかもしれなかった。いちばん端に坐っていた試験官が、吸っていた煙草を灰皿に捨てて、一枚の紙を片手に七つほどの数字を早口にいった。それをただちに逆唱してみろという。これは、友二にとってそれほどむずかしいことではなかった。彼は自分の頭にきざみこまれた数字を、そのまま逆にとりだし、正確によみあげることができた。と、つぎの試験官が、さらにつぎの質問に移った。

「冬と夏は、どういう点がにていますか」

「はい、両方とも季節に関係しています」

彼は、臆せずこたえた。

「よろしい。では、労働と遊戯はどういう点がちがいますか。本質的にちがうところをいってみてください」

「はい、労働は人々のためにあるわけですが、遊戯は楽しむためにやります」

「では、つぎの質問です。数字が出てきますので、メモしてくださってても結構です。よろしいですか。では、はじめます。――私は八尺の木を植えました。一年たったら、その木は十二尺に伸びました。さて二年目の終わりには、この樹はさらにのびて十八尺。三年目の終わりには二十七尺ありました。さて、四年の終わりには、この樹は何尺に伸びているでしょうか」

「……」

「よく考えてみてください」

「ちょっと計算する時間を」

「どうぞ」と、腕時計を見る。

「わかりました。えーと、四〇・五尺です」

試験官は、たがいに顔を見合わせた。

これで終わりかと思ったら、さらに筆記試験があって、そのあとに家庭状況などをこまごまときかれ、長い時間をかけて彼のテストは終わった。試験がすむと控室で一枚の通知書を渡された。

「明日、身体検査に来られたし、当日、印を持参のこと」

と、書かれた活字を見たとき、おれは受かったのだ、二名中の一人になれたのだ……はじめて友二はそう思った。頭の中がカンカンと音をたてたてつづけに鳴りひびき、頬が火のように燃えた。あとは身体検査だけが残されていた。が、それはほとんど問題ないとみてよかった。

口笛を吹きながら、足どりもかるく家に向かう。胸が風船のようにみるみる大きくふくらんできそうである。はちきれるような未来への期待が彼の頬を輝かせ、足どりを軽くした。口笛は、さわやかな音色で町中へ流れていった。橋を渡って足ばやに歩いていくと、小犬が一匹、尻尾をふりふり後をついてきた。捨て犬なのか、どこまでいってもはなれない。一本道を歩いていって、ひょいともの陰にかくれても、やっぱり人恋しげについてくる。町角の小店で、今川焼をいくつか買った。ちぎった半分を小犬に投げてやった。道端で犬が今川焼をむさぼりくっている。その隙にいちはやくほかの道に折れて、今川焼を頬ばりながら家に帰った。第一日目は、こうして終わったのである。

翌日は、予定の時間よりもずっと早目に家を出た。白鬚橋を渡り、水神の森を通って、遠く堀切まで足をのばしてみた。白鬚橋の下をひたひたと流れる隅田川は、ここで分流して堀切水門をくぐり、荒川放水路の運河と直結するのである。水門から落下する水が、銀色の帯をたらしたように光り、まっしろなしぶきをふきあげてさんざめく。

さわさわとした空気、やわらかくあたたかな母親のような太陽。友二は、水門のコンクリートにあおむけにごろんと寝そべった。しみ入るように青い空がひろがりおしかぶさってきて、思わず、目を細めた。なんともいえず、よい気持であった。紺青の空の中心部に、自分のからだがクルクルと舞って今にも吸いこまれていきそうである。

こんなうららかな陽の下を、チエと二人で坐っていたら、どんなによいだろうか、と思いはいつもチエの上にうつる。なんにもいわなくとも、ちらとあわせた視線だけで、二人はたがいに眼で笑いあうだろう。友二の目を唇を髪の毛を、眼でさわるように、チエはいつまでも見つめていてくれることだろう。

ひさびさにそのチエに会えるのだ。しかもはちきれるような喜びをもって、あの橋の上で。

――今日は、早く時間がすぎるといいな。五時という時間をぐいとつかんで、チエと一緒にひっぱってきたいな。

対岸の工場で、サイレンが鳴った。午後一時だ。彼はようやく立ちあがった。駅に向かって大またに歩きだした。五時になるまえに身体検査をおえて、採用通知をもらわなければいけない。

昨日の控室は、今日はがらんとしていた。だれもいないのかと思ったら、長椅子の隅に一人の青年が本をよんでいた。すっきりとした背の、色白で目鼻だちのととのった端正な若者だった。紺色のオーバーをきちんとたたんで、そばの椅子の上においている。友二が入ってゆくと、彼は立ちあがって静かに目礼した。

「やっぱり、二人だったんですね」

目元を涼しくさせて、彼はいった。

「ぼくは、とてもだめだと思ってましたよ」

「よかったですね」

友二も、快活に笑った。

「ぼく、ヒデノっていうんです。よろしくお願いします」

「ぼく、石田っていうんです。千住のガスタンクのそばに住んでるんです」

彼がそういったとき、事務員が入ってきた。そして、レントゲン室に案内された。ヒデノ君が先だった。またたくまに彼が出てくると、つぎは友二の番だった。

「はい！」

と、彼は小学生のように大きな声で答えた。

レントゲン室は暗闇だった。この部屋に閉じこめられたとき、彼はなぜか不吉なものを感じて妙な胸さわぎがした。闇に小さくともされた赤電球が、血塊のようににじんでみえたからである。しかもその光の照射をあびて、ひょいとこちらを見た黒メガネの医者は、赤鬼のように不気味な感じであった。胸中のさまざまな想いは、ここでぷっつり中断され、友二は囚人のように透視台に立った。とたんに赤電球が消えた。あたりは、また墨を流したような闇に変わった。

「大きく息をして、はイ、もうひとつ……」

暗闇から、医者の声だけが重くひびいてきた。呼吸が喉につまって息苦しかった。すると、なにげないような調子で医者はいったのである。

「君、ちょっとこれは……」

「え？」

息がつまった。鼓動もとまったようだった。

「な、なんですか」

「知らなかったのかい。ほんのちょっとだけど、まずいねえ、この影は」

瞬間、目の前がぼうとなった。冷水をあびせられたように全身がすくみあがった。なにもかもが、激しい音をたてて目の前に崩壊した。闇の中で、足の下の床が斜めに動きだし、ぐうんと天井に走っていくような錯覚を感じて、彼はよろけた。天も地もなかった。すべて漆黒の闇だった。ただ一つのことだけが、ぎくんと鋭く胸に突きささってきた。

「おれは、胸をやられていたのか……」

チエの微笑も、S工場への期待も、ありとあらゆるものが一瞬に消えて、自分を支える力を失った。どうしようもなく、友二は闇の底にくずれた。

18

……おれは、なにもかも、なくしたんだ。

S時計工場から駅に向かう道を歩きながら、友二は、そうつぶやいた。

わずかな時間のあいだに、彼の表情からはすっかり血の気が消えて、頬と目の下の肉はひきつり、額は抜けるように青白くなっていた。その額から目の上にまで、髪の毛が乱れ落ちている。だが、彼はこれをかきあげもせず、足もとだけを見つめて、ゆらゆらと影絵のように力なく歩いていった。焦点を失った目には、交互に前にでる靴の爪先のほか、なにも見えはしなかった。

ほんの少し前に起こった出来事が、まるで嘘のように思える。まだ、夢を見つづけているような気がする。しかし夢ではない。医者はたしかにいったのだ。君ちょっとこれは……と。あの重々しい声は、今も耳の奥にくっきり残っている。闇の中でその声を聞いたとたん、友二は目の前がかすんだ。顔面から、さあっと血がひいて、どうしてもまっすぐに立っていられなかった。廊下の椅子にしばらく身を休め、しばらくして控室にもどったとき、二枚の封筒を渡された。開かずともわかりきっていた。ふるえる手で封を切った。封筒の一つからは、自分が墨をすって苦心して書いた履歴書と、もう一枚、活版ずりの用紙とが、〝採用致シカネマス故……〟と書かれて、目の前にあらわれた。つぎの封筒には〝寸志〟とあって、いくらかの交通費が包まれているようである。これで、すべては終わったのだ。

彼は、二枚の封筒をポケットの奥にねじこむと、前のめりになって工場の門にむかった。一刻も早く外に出たかったし、よろよろ歩いていると、ほんとうに手足の関節がはずれそうだったからである。だが、一歩S工場の門を出ると、にわかに目の前がかすんだ。雲の上でも歩いているように、まるで足もとがたよりなかった。身体中の活力が、何者かにごっそり持ち去られたようである。もう、溜息も出てきはしない。ほんの一分でも五分でもいい、あのレントゲン室に入る前の自分に戻ることができたらと思った。あの時、彼の胸は〝きっと時計工場に入れる〟という期待で、はちきれるようにふくらんでいたのだ。ところが、レントゲン室から一歩外に出たら、その期待はあっけなく失われ、おまけに、どうすることもできないような残酷な悲哀を、背おわなければならなかった。

「おれは、結核だったんだ……」

また、彼はつぶやいた。

Ｓ工場を失ったばかりではなくて、もう斎藤さんのところに戻ることもできないだろう。そして、どんなところででも、当分「働く」ことは望めないかもしれない。だが、身体をぶつけるようにして一日一日を働き、その日を生きている自分たちにとって、働くところがあっても、働けない生活、家で、病院で、じっと寝ていなければならないという生活を、どうして考えることができるだろう。そんなゆとりのあろうはずがない。

「じゃ、どうするか?」

彼は、額に落ちてきた髪の毛をぐいとかきあげて、さらに考えた。ホコリまみれの汗が気味わるく手のひらをしめしただけで、なんの考えもうかんできはしなかった。八方ふさがりだった。どこにも抜け道はなかった。だが、とにかく生きねばならない。そのためには、寝てはいられない。病気をかくしてでも、無理して働くことよりほかにないと思える。

友二の顔は苦痛にゆがんだ。病気をかくして働けば、当然ながら、その病気の悪化が考えられるからだ。しかし、それでもしかたがない。やっぱり生きねばならぬ。背に腹はかえられないだろう。

すると、おれはもう一度、あの斎藤さんのところに帰るのか。

いやだ、と、彼はすぐに思った。あすこへ戻れば、また十時までの残業がはてしなく続くのだ。おまけにとりかえしのつかぬ失敗と、そのあと二日も試験のため一方的に休んでしまっている。それは、ずっとあとあとまで痣のように残るにちがいない。だが、いやだという理由はそれだけか。いやいや、まだある。もっと大きな理由がある。それは、あの凍えるような鉄の現場だ。そして、その中の冷やかな人々だ。自分のことだけをそれぞれ考えている思いやりのない人間たちだ。それが、なによりたまらないんだ、と彼は思った。あの世界では、おれは、やがて息がつまってしまうにちがいない。

冷えきった空気を鋭く引きさくように、夕方五時を知らせるサイレンがあたりに鳴りひびいた。工場のモーターのうなりは静まり、ベルトの流れはとまり、やがて人々はきぜわしく町中へ動きだした。せせこましい路地を、豆腐屋のラッパの音がかぼそく流れ、おでん屋や煮豆屋がチンチンと鐘をならして往来する。「あっさり、シンジメー」ときこえるのアサリ屋である。そして地を這うようにひくく夕餉の煙があたりにたちこめる。かさぶたのような仕事の町に、ようやく安息の時が訪れたのだ。友二は背中を丸めてとぼとぼと町を歩きながら、自分がいつのまにか白鬚橋に向かって歩いていることに気づいた。

五時。この同じ時刻にチエは工場をとびだし、やはり橋にむかって早足にやってくるだろう。顔も手も洗わずに、息せききって走ってくることだろう。いや、丸い鳩のような目をキラキラ輝かせて、彼女はもう橋の上に待っているかもしれない。「きっといいことがあるよ」

と、彼が手紙に書いたその「いいこと」が、友二と一緒に、一分でも一秒でも早くやって来ることを、待ちあぐんでいるのにちがいないのである。彼は、とたんにその場に立ちすくんでしまった。

なんにもいいことなぞありはしない。いや、こんなに暗くて悪いことがほかにあるだろうか。自分が近づいていけばいくほど、さらにチエを暗いところにさそいこんでいくような気がして、思わず足をとめてしまった。これ以上、チエに接近していくのが、どうしても、たえられなかったのである。

考えてみれば、友二は、チエに会ったその日からまずなによりも、彼女がゆたかにしあわせになってくれればいい、と願っていたはずだった。そのために、すこしでも役に立てれば、それがとりもなおさず自分の幸福に結びあうと信じて疑わなかった。そして、今日までの道をともに進んできたといえる。

ところが彼は、チエをしあわせにしてやるどころか、逆に暗く悲しい方向に追いやっている自分に気づいた。するとそれは、どうにも寂しくてやりきれないことだった。チエは、たしかに「しっかり者」で、自分ひとりでなにもかもきちんとやってのけることのできる健気な娘に違いない。そしてそのチエにとって、自分はこれからなんのたしになってゆくのだろうかと考える。余分な荷物でしかないようだ。

悲しいけれども、それがいちばん正確な回答だった。

「チーちゃん、ごめんね」

チエにささやくように、彼は歪んだ顔でつぶやいた。

「……チーちゃん、さよなら」

もう、涙はなかった、心の片隅で、おれはだれにも迷惑をかけたくないんだ。いつも自分のことは自分で始末するんだ、といいわけのように彼は思った。そしてくるりと向きをかえた。橋とは反対に大またに歩きだした。どこへというあてもなく、ただ何者かに追われるように歩きだした。

あたりはすでに暗く、ベークライト工場の赤茶けたレンガ塀が、道に沿ってどこまでもまっすぐつづいていた。長い煙突が、ぐさりと薄闇に突きささり、先端に赤と青の灯がパッパッと点滅して、それだけがひどく鮮明だった。涙がとめどなく頬をぬらした。一歩一歩、歩くたびにチエから遠ざかっているということが、やわらかな胸を締めつけた。人間は生まれる時もひとり死ぬときもひとり、と彼は塀に沿って歩きながら考えた。たとえどんなに親しい人でも、一度めぐり会った人は、いつかはまたかならず別れていくのだ、と思ったりした。それが、この苦しみを支えるただ一つのよりどころであった。だが、よりどころというには、あまりに弱すぎた。眉をひそめたチエの表情が、どこまでいっても、彼のあとを追いかけてくる。やがてふりはらう力もなくなった。するとまた、ぞくぞくと背筋に悪寒が走った。身体中が凍るように冷たいのに、額には例によって火のような熱が燃えていた。

レンガ塀は続いていた。友二はあえいでその道を歩いた。チエの思いを一時にふりきろうとして、ついに走りだした。呼吸が喉にからまった。そして、レンガ塀が吸いこまれるように後方に流れていった。が、いくら走っても、まだ赤茶けた塀が先につらなっている。人ひとりいない。塀だけがある。ああ、だれかに会いたい、と彼は思った。夢中で走った。どうしたわけかどこまでいっても塀が終わらない。

ぼんやりと、目の前がかすんだ。とたんにまっくらになった。いくら目をこらしてみても、なにもみえなかった。レンガ塀は通りぬけたのか。おれはどこにいるのだ? なおもよくみつめると、決してなにもなくはない。前方に火が燃えている。赤い火の粉がと無数に闇空に散乱して、人影がむらがって揺れている。

焼けあとの原だ。焼け残りの校舎に住む人たちが、そこで焚火をしているのだ。赤い火はチエの頬の色ににている。明るくて、あたたかそうで、恋しい。彼は焚火のそばに近づいていった。

近所の、子どもたちだった。

古むしろがいく枚も重ねて燃やされ、まわりをとりかこんで、大勢の子どもたちが肩をよせあってあそんでいるのだった。そして、もみじのように赤い手だった。その手から手へ、小さなお手玉がとぶ。セッセッセッむかしむかしうらしまは……と幼い声がはずんできこえる。友二は闇の中に立ちどまった。

じっと見つめた。つぎはぎだらけの粗末な服、煤けたように黒い顔なのに、どの表情をみても無限に明るく、生活の歓喜にあふれている。この子たちは一体どんな空気を吸って、生きているのだろうか。彼は立ちどまって、しばらくぼんやりとみつめつくした。

そのときだった。一人の子が目を見張り、

「あッ、ゲントウのおにいさんだ」

おどろきの声をあげた。とたんに歌声は消え、いっせいに小さな顔がこちらをふりかえった。

「あ、ほんとうだ、ほんとうだ」と、つぎの声。

「なあんだ、犬殺しかと思った」

「あたんなよう」

「もっと、こっちにおいでよ」

「幻灯やりにきたの」

「ちがうよ、ほら、なにも持ってないじゃんか」

「ああ、そうかあ」

「こんだ、いつやってくれるの?」

友二は、顔中でほほえんだ。そういえば、この近所にチエと二人で幻灯機をかついできたことがあったっけ。あれは、酒造工場の二階だった。チビさんたちに「空気のなくなる日」をみせたら、チビさんも喜んだけれど、工場の人たちも大喜びで、ヤカンからなみなみとお酒をついでくれたっけ。一口のんだら、舌がとろけるようにうまい酒だった。そして、チエがうたってくれたんだっけ。一生に一度でいい、美しい着物がきたい、と。

彼は、火に両手をかざしながら考えた。手のひらが焼けるように熱くなった。足もとからぬくぬくと、身体中があたたまってきた。するど、どっしりとした力がすわり、生きかえったようによい気持になった。彼は、ポケットから履歴書の入った封筒をとりだして、そのまま火中にくべた。ぼっと炎が燃えあがって、茶封筒がよじれあがった。

「冬は寒いからね、春になったら、またこようね」

「はる？　なら、もうすぐじゃない」

「ん。もうすぐさ」

「こんだ、なにやってくれんの」

「うん、そうだなあ……」

「太陽のなくなる日かな」

「ピノッキオ」

「うわッ、ほんとう」

「ほんとうさ」

「おねえちゃんも一緒？」

「うん、お姉ちゃんもさ」

そう答えたとき、友二は自分の心の中で、稲妻のように鋭くひらめくものを感じた。それは（チエに会いたい！）という強烈な衝動だった。なんの理由もありはしなかった。ただ会いたかった。走って走って、チエの胸のおくふかく一挙にとびこんでしまいたい。すると、そこからまったく新しい生命の音が、たしかにきこえてくるような、そんな気持であった。

友二は子どもたちと別れ、焚火のそばをはなれた。もう約束の時間はとっくにすぎてしまった。チエは橋の上にいないかもしれない。こんなに待たされれば、当然いないだろう。そしたらそのまま橋をわたって彼女の家へいこう。会いたい、会いたい。今は、ただ無性にあいたかった。

彼は早足に原をつきぬけ、やがて、どぶに沿った道をひたすらに走った。おはぐろどぶは、流れることを知らないまま、曲折する羊羹のように長々と横たわっていた。ぷくぷくと小さな泡が浮かんではまた消えた。白い道はこのどぶ川に沿って、まっすぐ駅に向かっている。彼は走った。息せききって走った。こんなにチエが恋しかったためしはなかった。まっくろな空から、小雨がおちてきて、髪の毛をしっとりとぬらした。雨の中を、彼はさらに走った。

19

……橋だ、橋だ。巨人のような橋だ。どっしりと重量感に満ちて、行手に立ちふさがっている。仁王立ちになって、闇空にそそり立っている。その巨人のふところから、ころがるようにチエが駈けてくる。

髪も頬もジャケットも、雨にあたってぬれて光り、顔中いっぱいに目が大きくひろがり、息もたえだえにとんでくると、ぱっと立ちどまった。

「友ちゃん、どうしたの?」

その場に釘づけになったように動かなかった。髪の毛の一本ずつがぬれて額に密着し、全身水をかぶったようだったが、目は青白い炎に激しく燃えていた。そしてひたすらに友二をみつめた。彼の中に起きたさまざまな出来事を、一目で読みとろうとするような表情であった。

走って走って、弾丸のように走っていって、一直線にその胸の中にとびこみ、チエをしっかとかきいだき、そこでいっさいを話してしまおう、と思っていたのに、かえってチエがころがるように走ってきて穴のあくほど見つめられると、彼はひるんだ。まぶしくて、思わず一、二歩後ずさりして、うつむいてしまった。すると、友二が後ずさりした分だけ、彼女は彼に近づいた。そしてさらに接近した。

「まるで、友ちゃんの影みたい」

チエは、今にも泣き出しそうな顔でいった。友二は瞬間、だめだと思った。チエの目にうつっているのは、やっぱり影のようなおれなんだ。それがほんとうの自分なんだ。と思った。するとみるみるうちに力がくずれた。そうだ、チエに近づいたのはまちがいだったのだ。

「チーちゃん、おれ……だめなんだよ」

「なにが」

「おれ、S工場の試験を受けたんだ。そしたら落ちちゃったんだ。病気だったんだよ」

「え、病気？　なんの病気？」

「結核らしいんだ」

彼は、しぼるような声で一息にすべてをいった。

「結核、友ちゃんが？」

驚きの声が、思わずチエの唇からもれた。

友二は、両手で顔を被いたくなった。チエの驚愕の表情が、彼の悲哀をいっそう切実なものにしたのである。これ以上、チエの表情を正視するにたえられなかった。ただ一つのことを思いつづけた。おれはチエから遠ざかるのだ。チエを、これ以上不幸にしてはいけないんだ。

「だめなんだ。おれ……もう、だめなんだ……！」

友二の表情は歪み、声はかすれた。

チエが、これで自分のもとから去っていくなら、すぐつぎの瞬間からしあわせが彼女のもとを訪れるような気がして、彼はうつむき、さらに深く首を垂れてしまったのである。友二にとって、それは自分の命を断たれるようなふかい苦悩だった。しかし彼は、その苦しみにたえねばならないと思った。人を自分の暗さに引きこみ犠牲にする権利はないのだ、と強くそう思ったからである。

　重い沈黙が、あたりを支配した。小雨が音もなく降りそそいで、いつか下着までぬらし、袖口から小さなしずくを一つ、ぽとんと足もとに落とした。身体中がまるで圧縮されていくような冷気なのに、寒さは少しも感じられなかった。寒さがなんだ、と、彼は思いつづけた。手、耳、頬、空気にふれるすべてがヒリヒリと痛かった。手は紫色にかじかみ、吐く息は白い塊となって宙をはずんだ。

「トモちゃん、寒いね？」

　やさしく、語りかけるようにチエの声がきこえた。

「雨にぬれたらいけないわ、どこかへ……」

「寒くなんかないよ」

「うそいってる。身体によくないよ」

　それどころじゃないんだ。思いつめたように、友二は顔をあげた。

「寒くなんかないけど、おれ、ほんとうにもうだめなんだよ」

　じっと穴のあくほど、チエの顔をみつめた。髪も頬も、額も唇も、すべてが雨にぬれて光っている。

　そのためにチエの表情がかすんでいるのではない。一時に噴きでた涙が、友二の目をうるませ視界をぼやかしたのである。

「ねえ、トモちゃん」

と、そのとき、チエは目をほそめた。そして遠い昔のことでも思いだすかのように、静かに語りだした。

「小さい時にね、あたし、死にそこなったことがあるの。大腸カタルで、熱がものすごく出て、髪の毛がざっくりぬけちゃって、手も足も、ほんとに骨と皮みたいになっちゃったのよ。ひっきりなしにひどい下痢をして、お腹がもうペッチャンコ。栄養をとらなきゃいけないのに、ほら、戦争がおわったばかりでしょ？　なんにもないの。トウモロコシの粉しかなかった……」

「……」

「カアちゃんが夜通し枕元にすわってて、〝この子は死んじゃうのかもしれない〟って泣いているのよ。でも、どんなにやせほそっても、あたしには、死ぬなんてことはちょっとだって考えられなかった。朝がくるとね、バラックのふし穴からこんなに小さく、宝石みたいに青い空の色がみえてくるのよ。あたしは、目をほそめてその空をみながら、早く丈夫になろう、早く元気になって、あの空の下へとんでいこう。どんな苦しい時にも、そう思ったの。だから、カアちゃんがせんじてくれた栗の花のにがい汁でも、いっしょうけんめいにがまんして飲んだのよ。〝明日はもっと元気になろう〟〝あさっては外を歩いてみよう〟……と思ったの、そしたら、ほんとによくなっちゃった。近所の人たちが、びっくりするぐらい早くなおっちゃった。ねえ、トモちゃん。はじめっから、だめだだめだと一人できめていたら、なんでもほんとにダメになっちゃうよ」

チエはいった。彼の心をひきたて力づけようと、目に涙さえ光らせて、けんめいに自分のつらい経験を話すチエに、友二の胸が痛む。チエは、こんなにいい娘なのに、おれは、なに一つ、そのチエのためにしてあげることができないじゃないか。

「だめだって思うよりさきに、病院へいこうよ、どのくらいの病気なのか、よく見てもらおうよ」

「……」

「ね？　あたしと一緒に」

「一緒にいってくれるの？」

「あした、お昼で工場を早退してさ」

彼は、そこでまたもや沈黙した。工場——あの暗いところになんぞ、もう二度と帰りたくないと思う。しかし、斎藤さんのところに戻らないとすれば、明日から、どこにもいくところはないのだった。やっぱり、あの世界に帰るよりしかたがないのか。

「どうしたの？　トモちゃん」

チエが、たずねる。

「おれ、工場へいきたくないんだ」

「どしてさ」

「冷蔵庫みたいなところだもの」

「そう?」

「機械も人も、なにもかも」

「……」

「まるで凍るようだ、身体中が……」

「だけど」

と、チエは、思案げに言葉をつづけた。「ほんとに、みんな冷たい人なのかしら? 工場の中があんまり寒いんで、働いてる人たちも冷たくみえるんじゃないのかしら? 一体どっちがほんとに冷たいんだろう。毎晩五時間ずつも余分に働いて、時々徹夜までして、働き蜂みたいに何年も工場で働いていたら、どんないい人だって、きっとかさかさしてくるわよ。水気もとんでいくわよ」

「…………」

「でもねえ、トモちゃん。その人たちだって、裸になればきっといい人たちだと、あたしは思うの。この世の中で、いちばんたよりになるはずの人たちだと思うの。自分が裸になった時だけ、その人たちの心とふれることができるんだわ。……そうよ、きっとそうよ。」

二人は同じところに立ちどまったまま、さっきから一歩も動かなかった。友二は、動くことができなかった。チエの言葉はひとことずつ彼の心にひびき、彼はその言葉をかみしめてひたすらに考えていた。おれは今まで裸の自分でなかったかもしれない。けれど……裸の自分は病人なのだ。人はそれだけで、おれからはなれていくだろう。はなれてもいかず、かえって近づいてきてくれるのは、チエ一人しかいない。けれども、そうしておれは、このチエをも、自分の陰の中に引きずりこんでいく。

「トモちゃん」

友二は、黙ってチエの顔をみた。

「きいて。さっきね、こんな詩を手紙に書いてきたの。手紙ぬれちゃったけど、見なくたってわかる」

と、チエはひくくいった。まるで水中にでもいるように、彼女の声のほかはなにもきこえなかった。

チエは、まっすぐ友二の目の奥を見つめて、さえざえと言葉をつづけた。

激しくもえて
もえてももえても
どんなにもえても
決してもえきって　なくなってしまわない
いつまでも　いつまでも燃えつづけられる

そんな強さがほしい
あたしにも　あなたにも……

「え？」

「あたしの恋人さん……」

「なんといったの」

「なんにもいわないわ」

「でも、きこえたよ」

「じゃ、しまっておいて、あなたの中に、そして、かわりにもらうの」

チエの声は、そこでひっそりと終わった。耳鳴りが遠くにひびいた。目尻がかすかに微笑んだ。彼の目の前いっぱいにチエの黒い瞳が近接し、みるみる輝きを増し、すべていっさいのものが、その瞳の億に吸いこまれたとき、

「あたしがもらうよ、友ちゃんの病気……」

ささやくように、チエはいった。

はっと、友二は息をつめた。頬と頬とがふれ、まつげとまつげがさわり、そして、呼吸の上にもう一つの呼吸が重なった。友二は、無意識のうちにチエの手をつかんでいた。チエの指はかすかにわななないていた。彼はやわらかなあたたかい手を、きつく力一杯握りしめた。

雨は髪の毛からしたたりおちて、彼らは、唇の間に小さくつめたい一しずくを飲みこんだ。

橋も川も町も、世界中がすべて心臓の鼓動となって、激しく狂おしいドラムを打ちつづけた。

しずくとともにチエは友二の胸に、心の中にやってきた。

20

朝がきた。

ゆうべの雨は明け方になってやんだが、まだ町はしっとりとぬれて光り、空はどんよりした灰色の雲で閉ざされていた。しめった道を一歩一歩踏みしめるようにして、友二は工場にむかって歩いていく。

この空の色にもにて彼の心は晴れず、工場に近づくほど、さらに重苦しさが積み重なっていくようである。チエの思いだけが、彼の足をかろうじて工場に向かわせているのだ。

「おや?」

友二は、たちどまった。

足もとに、明るい陽がきらり光って、金貨のように落ちてきたからだ。そして、陽はいきいきと地の上で躍った。友二は、おどろいて空をふりあおいだ。曇天の空に、ほんの豆つぶほどの小さな雲の隙間がみえる。目のさめるような太陽がちらとのぞいて、そこから垂直の光を投げているのだった。しかしつぎの瞬間、太陽の目は雲にとざされ、足もとに躍っていた光は嘘のように消えてしまった。そしてこんどは、四、五間ほど先の道にぽっかりと現われた。そこはいかにも明るくあたたかそうだ。まるでチエのようだった。で、彼は大いそぎで、陽光の中へ走っていった。

するとと、風呂屋の角の路地から、学生服で金ボタンの若者が、ひょいと風のように現われた。どうやらそこにかくれていたものらしい。

「よう」

小粒の歯なみをのぞかせて、ニッと笑う。だれかと思ったら、高橋くんであった。金ボタンの学生服などきているので、まるでわからなかったのだ。

「あんたぁ、どうしたのサ」

と、高橋くんはきく。それは、むしろ友二のほうでたずねたい言葉だ。

「うん。腹こわしちゃって。なんか、へんなもの食べたらしいんだ」

「そう、下痢か」

「でも、もういいんだよ」

「あんた、いくんち休んだっけ」

「二日」

「あれ、たったの二日？　……そうだったかなァ」

高橋くんは、とまどった表情である。友二は意外な気がした。たった二日しか休んでいないのに、彼には、もっとずっと長く休んでいたように思えたらしい。ということは、それだけ髙橋くんが、友二に関心を持っていたということにならないか。日頃、とくに深い話をしたこともないのに、と思うと、彼は妙な気がした。で、こんどは友二の方で問いかける番がきた。

「君、夜学にでもいってるの」

「ああ、この服?」

学生服を着ているわけをきかれたのが、髙橋くんにはとてもうれしかったようである。口のまわりに小じわをよせて笑った。

「ぼくは詰襟が好きなんだ。これ着てると、学生になったみたいな気がするんだ」

友二の顔をみないで、彼はいつものように横をむいていった。髙橋くんは、どういうわけか、決して面とむかってしゃべらない。そういうたちなのだ。しかし、「ぼく」という言葉からはじまる学生服の話は、彼のいつもの白い横顔に、うっすら血の色をにじませる。

やっぱり、高橋くんは会長への輸血の奉仕をするのだろうか。友二はそのことをききたかった。しかし、なんとなくためらう気持が先にきた。あるいは、高橋くんはもう奉仕をしてしまって、そのいくらかの謝礼で、金ボタンの服を買ったのかもしれぬ。そんなこともないとはいえない。しかし今、学生服をきて「おれ」ではなく「ぼく」と自分のことを語り、学生になったみたいだといって、いくらか元気づいた彼の心中を思うと、それはそれでいいのだ、という気がした。

職場につくと、早かったせいか、ひっそりしていて、まだ斎藤さんはきていなかった。なんとなく気持がゆるむ。石油カンの代用ストーブに紙をくべ、木屑を入れて火をつけた。さて、斎藤さんがきたらなんといおう。きっと斎藤さんは、この前の機械操作のミスを根に持っているにちがいない。おまけに二日も休んだから、もうやめたのかと思っているかもしれない。まず、すみませんと先にあやまろう。そして、おとついヘンな魚を食って、すっかり腹をこわしちゃって……とでもいおう。などと考えをめぐらしながら、作業服にきがえる。肌にふれる衿もとや袖口が、ぞくっとするほど冷たかった。凍っているのだ。いや、それよりももっと冷たいのは、機械の鉄の肌だ。仕上台の上の切粉を捨ててボロ布でふき、さらに油を引き、凍りついたベルトを両手でしばらくまわしていると、ききおぼえのある草履の足音が耳にひびいた。

友二は緊張した。口の両はしがこわばった。あの穿物の音はまちがいなく斎藤さんだ。ふりかえってみると、やっぱりそうだった。トロのレール線にそって、まっすぐ大またにこちらにやってくる。顔をこわばらせ、突進するようにやってくるのである。友二は息をのんだ。ハンドルを逆転させて、バイトを落としてしまったことを、斎藤さんはまだ忘れずにいるのだ。そうでなかったら「オス」と、ちょっとぐらいは手をあげるし、つんのめるような勢いで歩いてくることもないだろう。友二は、観念したように唇をかみしめた。

「おい！」

斎藤さんの、ぶつけるような声だった。

「どした？」

「ええ、あのう……おとついヘンな魚を」

「サカナ？　そんなんじゃねえ。おっかさんのことよ」

あ、と思わず声をあげるところだった。それを、喉元におさえるのがやっとのことだった。

「なんの病気なんだ？」

ドギマギした。考えていた理由が、いっぺんでくつがえった。母が病気で休みます、と書いて出した葉書のことを、友二はうかつにも忘れていたのである。どうしてあのことを失念したのだろう。時計工場でのショックのせいだ。とっさに、近所の魚屋に、胆石で苦しんでいる人がいたのを思いだし、

「胆石症なんです」

と、おそらく、斎藤さんが知らないであろう病名を口にした。

「胆石？」

斎藤さんは、ききかえした。

「ええ」

「そりゃいかん」

ぽつりと一言いった。長い顔の眉のあいだに、こまかな縦皺がきざみこまれた。

「ありゃ、なかなか厄介な病気だそうだかんな。気いつけんと。……よし、ちょっとこい」

ウムをいわせなかった。斎藤さんは機械からはなれた。一人で大またに歩きだした。友二はしかたなくその後につづいた。機械と機械のあいだ、人ひとりが、やっとハスカイになって通れるようなほそい通路を、広い背中が友二の目の前で揺れていった。洗濯板の目が、さざ波のように作業服の背にういていた。

歩きながら、斎藤さんは、

「ガタのやつの女房がな、やっぱり胆石で苦しんでな」

と、うしろもふりかえらずに、ぼそぼそと話しかけた。「やつに、よくきいてみるとよかろう」

「ええ、でも、もうだいじょうぶ。もういいんです」

「いや、それがいけねえ。よさそうにみえて、くすぶっているのがよくあんだ」

バイトをおとした失敗なぞ、ツメのあかほども感じていないかのようである。彼の予想は狂った。ふしぎだ、そんなはずはないのだけれど……と、友二は、歩きながらしきりに考えた。

うっすらと、石炭の煙がひくく這いずって通路をさえぎっていた。その煙の中を歩いていくと、突然ひろい背中にぶつかりそうになった。斎藤さんがたちどまったからだ。するとボール盤の陰から、のそりと山形さんが出てきた。

「いよウ、お馬のトウさんか?」

「ふム」

斎藤さんは、おはようともいわない。

「おめえの女房、胆石だったな」

ぶっきらぼうにたずねた。

「それがどした」

「こいつに、チト教えてやってくれい」

ガタさんは、はじめて友二の顔をみた。

「なんだ、そんなとこにも一匹いたのか」

「はい」

「ふーん、オメエの彼女が胆石か」

「いえ、ちがいます」

と、友二はあわててこたえた。「あの、おふくろなんです」

「おっかさんだって、やっぱし、彼女だろうが?」

ガタさんはそういうと、夏ミカンのような肌の粗い顔でゲタゲタと笑った。赤黒い歯ぐきと、実に大きな口だった。しかし、斎藤さんは笑いもせずに腕ぐみをしたまま、思案気に突っ立っていた。

「それで、おっかさん、どした?」

「ええ、もうかなりいいんです」

「もうれつに痛がったろう？　胆石ちゅうのは、そもそも胆のうに石がたまってな、そりゃすごく痛え。気分も悪くなって食ったものも吐くし、うちの山の神なんざ、ごていねいにも黄疸までおこしやがった。そんな時にゃ、モルヒネ、あのモルちゃんに限るんだ」

「ふん、モルヒネか」

斎藤さんが、腕ぐみをしたたままはじめてうなずいた。

「それで、痛みをとめたらすぐ帝大へ行きなっせ、帝大へ。町医者は、こん時とばかりぶンだくりやがるからな。とくに手術なぞしたら、目ン玉がでんぐりかえっちまうぜ」

「手術ですか」

友二は大いにおどろき、あわてた。

「どんな手術だ」

つめよるように、斎藤さんがたずねた。

「胆のう切開手術ちゅうて、もっともこりゃ、そうとう重症のときにやるのさ」

映画館にいって靴とゲタをまちがえてきた有名人は、それから、にわかに学者のような顔つきになって、〝胆石〟なる病気の性質と療法、手術に至るまでとくとくと説明しはじめた。ガタさんが話に熱を入れてくればくるほど、友二はいよいよつらくなり、赤くなったり青くなったりした。まったく、そのへんに穴でもあったら入りたくなってきた。ひょいと思いつきをいってしまって、とんだことになった、と悔いた。しかし、もう間にあわなかった。「帝大」と「手術」の言葉が、ガタさんの口から何度かくりかえされるたびに、ふムふムと斎藤さんは、いよいよ暗い表情になっていった。そして友二は、いつのまにか、じいっとその横顔を見つめつくしていた。まるで自分のことのように、苦痛に歪んだ顔をしているのである。あの無表情な、とりとめもなく冷たい人、と思っていた男が！

友二は、茫然と、その場に立ちつくした。

斎藤さんの中に、もう一人の別な斎藤さんを発見したからだ。おれは今まで、この人の一面だけしかみていなかったのだ。それは、身体がすくみあがるような深い衝撃だった。と、そのとき、まわりの機械が騒音をあげて、いっせいにうなりだした。シャフトがガクンガクンと音をたてて天井にまわりだし、ヒタヒタ……と、ベルトが風をきりだした。いつのまにか、始業のベルが鳴ったのだ。斎藤さんは、ようやく腕ぐみをといた。

「そいじゃ、さっそく帝大へつれてきな」

さいごにガタさんは、太い声でさとすようにいった。

「おふくろさんを大事にしなよ。なんせ、オメエさんよか先がみじけえんだから」

また斎藤さんの後につづいて、友二は機械と機械とのあいだの通路を前かがみになって歩いていった。歩きながら、彼は考えた。見ず知らずの母の病気に、これだけ深い思いをよせてくれたガタさんや斎藤さんは、もしや、彼が〝結核〟のことをうちあけようものなら、もっと深く自分の問題として受けとめ考えてくれるにちがいない、と。表面は、無表情な、喜びも悲しみもないようにみえたこの人たちの心の奥に、こんなあたたかなふるさとがある。おれは今迄それをみつけ、たしかめることさえもできなかったのだ、と思うと、友二はそんな自分自身に対してひどく腹がたつ一方で、斎藤さんには、なんだかとてもすまないことをしていたような気になった。そして、ふしぎな親密感をこの人の上に感じたのである。

「……斎藤さん」

そっと、うしろから声をかけた。ひろい背中が、ぐるっとこちらによじれた。

「なんだ」

「あの……」

といって、彼はためらった。喉元まで出てきた言葉が、そこでぐっとおしつまった。

「なんだ」

不審そうにくりかえして、斎藤さんは眉をよせた。

「あの、実は胆石じゃないんです」

「なにィ?」

「結核なんです」

「だれがよ」

「ぼくが」

「なに、おめえが?」

「ええ」

友二は、すがるような気持で斎藤さんの顔をみた。長い顔の中で二つの目が異様に光って、射るように鋭く、目の奥にそそがれた。緊張と昂奮の頂点で、友二は泣き出しそうになった。

やがて、斎藤さんの青白い頬が、こきざみにふるえだした。

「なんだと?」

と、斎藤さんは、ひくいがきつい声だった。「おっかさんじゃなくて、おめえ、結核だって?どういうこったい、それは?」

「す、すみません」

「どうも、よくわからねえ」

「ほんとうは、ぼくだったんです」

「胆石、いや、結核か、一体いつからの話よ」

「きのう、はじめてわかったんです」

「きのう?」

「ええ、レントゲンの透視で」

「どんなに悪いんだ?」

「まだ、ハッキリわからないんですが」

「ふム」

その時、天井に張りついている二条のレールの上を、ワイヤープレーを吊したクレーンが、グワングワンとものすごい音をたてて走っていった。工場のトタン屋根やガラス窓が、こきざみに震えたった。

斎藤さんの眉のあいだに、みるみる濃い陰影があらわれたが、なおも友二の顔を凝視した。友二は、うかつに病気のことを口にしてしまったのを悔いた。この沈黙にたえきれなくなって、いったのである。

「今日、おひるで早退させてもらって、とにかく病院へいってきます。よくみてもらってきます」

そして、いいわけでもするように言葉をついだ。「自分のことですから、……なんとか、自分で始末します」

「馬鹿！」

いきなり、吐きすてるような声だった。

「おれは、そんなこと、いってやせんぞ」

くるっと、向きを変えた。

「ここじゃ話ができん。こい」

先に立って、また一人でズンズン歩きだした。斎藤さんは、まさしく怒ったのだ。友二はその後を歩きながら、できることなら、このままどこかへ消えてしまいたいと思った。自分のことを人にたよろうとしたのが、そもそもいけなかったのだ、とも思った。モーターがたえまなく重厚なうなり声をあげて、眼にみえないほど、かすかに足場をゆすっていた。ベルトは、幹線動脈のように暗い空間をややこしくくぎっていた。そのあいだのほそい通路を、斎藤さんは先にたって歩いていく。一度もふり向かなかったが、そのうしろ姿は、磁力のように友二を吸いつけてはなさなかった。

非常口から一歩外に出ると、鉄材置場だった。

人間が、そのまますっぽり入れるようなばかでかいパイプや、真赤にさびた鋳物が、あちこちに小山のようにどっしりと横たわっていた。二人はそのあいだを縫うように歩いて、とうとう隅田川のふちまできてしまった。川面から、身を切るように冷たい風が吹いてきた。その風を背中でさえぎるようにして、斎藤さんは、友二の前に立ちはだかった。

「そういえば、おめえ、この頃しこし青い顔をしていたな」

ひくく、ふくみがちの声でいった。友二はうなだれた。足もとにガラスが落ちていた。いや、ガラスではない。水たまりに、薄氷が張っているのだ。

「だが、な、てめえのことは、おれのことなんだ」

その声には、力がこもっていた。

「一人で始末すんじゃねえ。どうせろくなことはねえかんな。おれら、身体を張って生きている貧乏人の小セガレはな、どこにも逃げみちはねえんだ。ここで道をひらいていかねえかぎりは」

ここで道をひらいていく。友二は、斎藤さんの言葉を心にくりかえした。それはどういうことなのか。

彼には、そのとき言葉の意味がよくわからなかったのである。すると斎藤さんは、右足で足もとの氷をパリパリと踏みしめた。急に言葉をかえた。

「河村がケガしたな、あん時にゃ」

「ええ」

「おれは、やつの家にいってみたんだ」

「河村くんの家にですか」

「ふム。だが、やつはやっぱり、材木をしょって生きたほうが向いていた」

川の流れをみつめて、つぶやくようにそういった。

対岸にも工場があった。黒ずんだ三角屋根がつづき、にょっきりと宙につき出ている重油パイプ、クレーン、むくむくと煙を吐く高い煙突、友二は、斎藤さんの横顔を見つめた。斎藤さんが河村くんの家をたずねたというのは、これは意外な話だった。彼のケガの様子を見に、そして、また工場に戻るようにいったのにちがいない。しかし、かえってやめたほうが彼のためになると感じて、黙ってかえってきたということなのか。

「おめえは、すぐ医者にいってこい」

川面から視線をうつして、斎藤さんはいった。

「で、結果がわかったらおれんとこへくんだ。いいか。一緒にこれからの道を考えるんだ。決して、おめえ一人のことじゃねえんだかんな。おめえも知ってるだろうが、朝、会社の門をくぐると、そら、タイム・レコーダーがあるだろう」

「ええ……」

「いつも、赤いカードが目につくな。それで、カードの番号がとびとびに切れてるな。あれは、みんなここをやめてったやつなんだぜ。残業と徹夜でよ、おめえのように身体をすりへらして、元も子もなくしたやつらなんだ。おれたちだって、このままでいけばいつかはきっとそうなるさ。そうはわかっていても、当面、食わにゃならねえ。食うには、徹夜ででも、働かなきゃなんねえ。おれらタコみてえに、自分で自分の寿命を食って生きてるんだ。だから、な、おめえのこれからを考えて、まっとうな解決の道を見いだせたら、おれらも一安心できるってもんだ。いいか。そういうことなんだぜ」

友二は、はじめて斎藤さんの心にふれた思いがした。昨夜のチエの顔がうかんだ、その言葉が耳にひびいた。やっぱり、彼女のいったことがほんとうだったんだ、と思った。そして、それはただ単に斎藤さん一人の心ではない。斎藤さんは〝おれら〟という。そのおれら、底辺に働く者のみが、はじめて持ちうる共通の心なのかもしれぬ。

そして、友二もまた、今はこのおれらの一人なのであった。

──おれは、もうひとりぽっちじゃないんだ。

と、彼は思った。

──一回や二回つまずいたって、それがなんだというんだ。

と、さらに思った。おれは、この工場の中で生きていくんだ。そうだ、さっき斎藤さんがいった〝ここで道をひらいていく〟ということは、そういうことではないのか。彼は、顔をあげた。そして強い意志をこめていった。

「医者へいったら、また、すぐきます」

「うん」

斎藤さんは大きくうなずく。

「おれんとこへきな」

「斎藤さんの家にですか」

「そのほうがゆっくりするだろう。そうだ、ガタや渡辺や、佐伯もよぼう」

「佐伯さんもですか」

「なんだ、やつはいやか」

「いえ……」

佐伯さんも、もちろん〝おれら〟の一人にちがいない、とはいうものの、あの生ぐさく光った目と赤黒い歯ぐき、怪鳥じみた奇妙な笑い声は、決して快い印象のものではなかった。あの佐伯さんじゃ……と思ったのだ。斎藤さんは、その友二の心を一目でみすかしたのか、なにもいわず、ただかすかにふッふッと口元で笑った。

ドズッドズッと、スチーム・ハンマーの音が、工場の屋根の下から地鳴りのように重くひびきだした。

すると、それに相呼応するかのように、川向こうの鉄工場から、空気を引きさくようなけたたましい反響音が、クワーンカーンと鳴りだした。鉄板をハンマーでたたいているのにちがいない。タッタッタッ……と機銃のような音は、あれはリベッティングの音である。隅田川をはさんで、機械の音響は、それぞれ個性豊かに交錯して、あたりにひろがった。雄大な交響楽のようである。すると、対岸のガスタンクはガスを大きく吸いこんで、これみよがしに、高々とその胸をもりあげていった。

21

その日、友二は、午前中で仕事を終えた。

午後からは、チエとの約束どおり、一緒に病院へいくのである。チエは自分も昼で早退して、知っている医者のところへ行ってくれるという。幼い頃の遠足に、母親がつきそってくれるように、それが、なんとも心強く感じられた。病院へいって正確にみてもらったら、「心配することはありませんよ」と、医者があんがい笑ってそういってくれそうな気もする。甘い考えかもしれない。が、とにかく自分の病気の状態を正しく知ることが、まずはじめに必要だった。その上で、これからの新しい方途が考えられるだろう。

顔を洗い、手足をきれいにし、久しぶりに櫛を入れて髪の毛をそろえた。さっぱりした気持で工場の門へ向かって歩いていくと、タイム・レコーダーの横に、自転車にのった一人の男が、サドルにまたがったまま声高に守衛と話をしている。笑い声ですぐに気づいた。佐伯さんだった。

「○○屋の娘は、でっけえオッパイをぶるんぶるんさせてな。まるでそれが、ミルク・タンクみてえにものすごくてよう」

自分のカードを抜いて、タイム・レコーダーにさしこもうとすると、佐伯さんのいがらっぽい声が、あけすけに耳にとびこんでくる。また、例によって例の話だ。友二は苦笑した。

「ほう、それで、どうしたい?」

はげ頭の守衛が、面白そうにつぎをせかす。佐伯さんはいよいよ自転車の上に上半身をのりだし、ひどく不安定な恰好だ。おまけに、左右の尻のポケットから、昼食のコッペパンが一個ずつひょこっと首を出している。今にもポケットからとび出しそうである。

「だからオレがな、一寸手をのばして〝やあ、おみごとおみごと〟って、タンクの先っぽをギュッとつかんでやったら……」

友二は、その背後をすりぬけるようにして、工場の門を出た。軽く会釈をすると、守衛がちらとこちらをみた。話に夢中になっているせいか、別になにもいわなかった。だが、そのとたんに佐伯さんが目ざとくふりかえった。友二だと気づくと、オットットーと、彼はあわててハンドルを右手にもちなおした。もともと不安定な恰好をしていた上に、急にふりかえったものだから、自転車が股のあいだでぐらりと横だおしに傾いたのだ。

「おい、オッさん、待ちねえ」

いきなり、肩ごしに声をかけられた。

「ぼくですか」

「あたりきよ、まわりをみな。〝あたし〟はいねえじゃねえか」

そして佐伯さんは、目玉をギロギロ光らせながら、友二の耳に口をおしつけるようにした。ささやくようにいった。

「え、なんですか」

「おっかさんよ」

「ああ」

「ガタからきいたがどうしたい？　そのタンセキちゅうやつは」

「ええ、もう……」

「なにや、おめえのおっかさん、何貫目ある？」

「十二貫です」

「それで、胃袋に石がたまって、十五貫ぐらいになったか」

友二は、思わず吹きだしてしまった。佐伯さんは、その友二の肩をポンとたたいた。

「大事にしろよ、カアちゃんを」

「はい」

「したら、おめえにも、いいカアちゃんがつくかんな。うんと可愛がってやるさ」

ひぇヘッヘッへへへと、いつものように笑った。友二はなんの言葉もなかった。ただまじまじと、佐伯さんの顔を見つめつくした。

やはり赤黒い顔であり、生ぐさいみたいに光った目玉であり、いつかの水の入ったバケツを蹴とばした、あの憎たらしい男にちがいなかった。が、つぎの瞬間、彼はくらくらとした。めまいさえも感じた。

この佐伯さんに〝憎たらしい〟という、ただ一つの単純な感情しかもちあわせていなかった自分、斎藤さんを〝冷たい人〟とひとことにかたづけてしまって、それだけだと思っていた自分、そんな自分がひどく恥ずかしく腹だたしくて、どうにもやりきれなかったのである。

ふたたび顔をあげた時、もう佐伯さんはいなかった。自転車にのった彼は、機械場にむかって、ズンズンと走っていくところだった。細長いコッペパンが、ペダルを踏むたびに一本ずつたがいちがいにひょこひょことび出して、尻の両わきにおどっていた。友二はたちどまって、しばらくはそのうしろ姿を見送った。頭の上にのせられた油だらけの野球帽に、陽の光がやわらかくかぶさり、みるみるうちに小さくなっていって、やがて、佐伯さんの姿は建物の陰に消えてしまった。

さまざまな感情がごちゃまぜになって、友二の胸におしよせた。斎藤さんや佐伯さんの奥ふかい一面を見つけたことは、彼にとって、いうにいわれぬ感動だった。そこに血と血のかようもの、心と心のふれあったものを強く感じたからである。この世の中でいちばんたよりになるはずの人たち、自分が裸になった時だけ、その人たちの心とふれあうことができる……そういったチエの言葉が、いま痛いようにひしひしとよみがえってくる。

そうだ、と、友二は自分に向かって力強くいった。

「おれは、やっぱりこの人たちの中に生きよう。ここで道をきり開いていこう。ただ一本の道しかないんだ」

エピローグ

下町は、どこをみても、電柱と煙突ばかりである。張りめぐらされた電信線は、町中をややこしく区切ってクモの巣のようにひろがり、煙突はトゲのように突き出して、まっくろな煙を空に吐き出す。

朝方どんよりと曇っていた空が、いつしか惜し気もなく晴れあがった。陽はいっぱいにふりそそいで町は明るく息づき、足の下の地面が今にももっこりふくらんできそうに思える。そしてすれちがう人々の姿も、なんとなく春めいている。さえざえとして美しいのだ。しかし、考えてみれば、人間はすべて、このように明るく美しいものを求め望んでいるのにちがいない。だれもはじめから、醜い心になるのを好む人間はいないのだ。ところが、実際になかなかやさしい人たちにぶつからないのは、いつも自分たちの頭上に灰色の雲がどんよりにごって重くのしかぶさっており、北風がぴゅうぴゅうとうなりをあげて吹きまくっているからだと思う。みなが眉をくもらせ、笑いを忘れ、うつむきかげんな青白い表情にかわっていくのもしかたがない。だから、まずこの頭上の雲を、すっきりと取りはらわなければならないのだ。

なんと大それたこと。誇大妄想と人は笑うかもしれない。だが、どんなに笑われても、どんなにあざけられてもよい。おれは、自分のせいいっぱいの力を燃やしつくそう。たとえ、それが目に見えないような小さい力であったにしても、力は力を呼びあい力と溶けあい、やがて一つの炎となって、ある日、突然この重苦しい灰色の雲をめらめらと焼きつくすかもしれない。

友二はそう考えた。すると、身体の内からかつて知ることのできなかったような新しい力がわきでてきて、手足がバネのようにはずんだ。とたんに、胸の病気などどこかへふっとんでしまったような気がする。友二は極度の興奮から、涙をポロポロと頬におとし、両手を振り子のように大きくふって町を歩いた。

大またに橋に急いだ。

長々とつづいた鉄工場の白塀がきれてバス通りに出たとたん、白鬚橋が巨人のように大きく忽然と出現した。いかめしい巨人の甲冑の上に陽が無数にとび散ってまたたき、小鳥たちが、たがいにさえずっては翼を休めている。友二の唇は、自分でも気づかずに動いて、つながりのない言葉と歌を口にしていた。橋は、ぐんぐん目の前にのしかぶさってきた。

ふと耳を疑った。歌だ、歌だ、春の歌だ。橋のふところから、やわらかく澄んできこえてくる。橋がうたっているのか。友二は立ちどまって目の糸のように細め、ふうっと微笑んだ。橋をわたる幼稚園の子どもたちだった。たがいに手をむすび、二列にならんで、足なみそろえてやってくるのである。

はるよこい
はやくこい
あるきはじめたミーちゃんが
あかいはなおのじょじょはいて
おんもにでたいとまっている

なんと、あどけない子どもたち、なんとはちきれそうな赤い頰。

道を歩いていた人たちは、このあどけない行進を見送って、思わず足をとめた。そして、春の歌に耳を傾けた。友二は、子どもたちの歌声が、自分の身体のすみずみにまでしみわたっていくような気がした。で、彼は目をとじて、さらに耳をすませたのである。

すると、きこえる、きこえる、ひとつの声が。

……大きな声で、いつもいつも泣いているじゃない、涙をこんなにいっぱい！

……坊や、いい子、ごほうびに、ね？　ほうら。

……だけど、もう泣いちゃだめよ。

あの声である、あの言葉である。

子どもたちのあどけない歌の流れに交錯して、チエの声は、たしかな余韻をもって彼の耳から入り胸にひびいてくる。……あのときは冬が迫っていた。そして、今もまだ冬である。でも、もう春はそこまでやってきたのだ。凍える手を頬にあて、かじかむ指に息をはきかけ、チエと一緒にここまであるいてきた。そして、これからも歩いていく。

「どこまでも、どこまでも……」

石田友二は、一歩一歩をふみしめて橋に近づいていった。

チエに近づいていった。ゆったりと春の歌をうたい、まっしろな息をごわごわとはきだし、白鬚橋はチエをのせて大きく息づいていた。

あとがき

ごく短期間だが、私は東京下町の鉄工場に工作機械の見習工として、勤務したことがある。時期は戦後七年の秋口から冬にかけてで、私は二十歳だった。

こんにちの若い人の場合、二十歳といえば学生がほとんどだと思うが、私にはそんなチャンスがなく、町中に足を棒にして「見習工募集」の張り紙があれば、飛びつくより仕方なかった。職種を選んでいるゆとりはない。定職なしの父は家の一間に寝たきりで、五十代なかばで息を引き取り、家族一同明日の食糧確保に駆け回るような日々だった。

米軍機Ｂ29の無差別爆撃は徹底したもので、下町地区は焦土となり、焼け残りの校舎内に雨つゆをしのぐ人もいて、朝鮮戦争の和平の動きは遠く、「焼け跡闇市」の時代はまだ解消されなかったのだ。

鉄工場勤務は、虚弱体質で貧血気味の私には、酷であり過ぎた。残業があるのは聞いていたが、拒否する自由はなかった。低賃金を補填するには、定時で帰宅するわけにはいかない。わかりきった話だ。しかし失われた自由は、後で取り戻すことができないのである。

このままだと、いずれ私は私でなくなる。私の残りカスだ。恋愛はおろか片思い一つなく、「青春」の扉の外にはじき出されるだろう。それでもいいか、と誰かに聞かれるなら、私の答は「ＮＯ！」だった。

なんとかしなければという焦りから、私は作業中もチビた鉛筆でメモをとり、個人的な「職場ノート」にためていった。書くことだけが生きる道だろうと思えばこそだったが、そのうち工場のガラス窓からの光景に、目がいくようになった。

工場が隅田川沿いにあって、白鬚橋もほんの鼻先に面している。

「あの橋の上で……」

と、私は考えた。

失業中の青年は、ある日、健康そのものの娘と出会い、ふとしたきっかけから、ささいな会話が交わされたとしよう。

二人はたがいに好感を確認するのに、時間はかからなかった。彼女は彼の鉄工場とは隅田川をへだてた対岸の、石けん工場に働く娘で、そして、それから……と私の想

小説「美しい橋」モデルの白鬚橋にて

像力は、一組の貧しい恋人たちの明日へとつながってゆく。

そして私は、恋愛小説を書く気になった。

しかし、小説を成立させる虚構がどんなものなのかがわからない。単に生活記録のまま投げ出すのではなく、生活を再構築するところから、どのような展望が現れるかを追いかけてみたかった。

むろん初めての試みで、自分の生活からほんの一歩出たら、何かがつかめそうだった。二歩も三歩も出たのではウソ臭くなりそうだが、半歩か一歩だけなら、私なりの真実に迫れるかもしれない。

それには、白鬚橋の上で会った二人のその後を基本に、考えを進めるにかぎる。二人の前途は、貧しさ故に決してスンナリとはいかず、黒雲が湧き出てくるような危機が、次つぎとやってくる。つがいとなった二羽の小鳩は、若さのひたむきさだけで、これらの危機を乗りこえることができるか、どうか。

恋人たちのリアルな現実には、何冊かの「職場ノート」が役に立ちそうだし、いつも人びとの生活を支える白鬚橋を、愛のブリッジにして、貧しくもいじらしい恋の物語は書き進んだ。いざ書き出してみると、何度か目頭がうるんでくるのを、抑えようがなかったのが、はるか遠い日の忘れられない記憶として残っている。

一九五七年、小説『美しい橋』は、文理書院から刊行された。出版を追いかけるようにして、東宝で映画化が実現した。

すると、鉄工所の動いていた仲間から、こんな声があった。

「なあんだ。小説を書きにきてたのか」

そういわれるのも無理はなかったが、私の真意は決してそうではなかった。一人前の機械工になるべく、できるかぎりの努力はしたのである。しかし、連日の長時間労働には体力がついてくれず、荒々しいようでいて意外とデリケートな機械操作に、私は適任とはいえないことに気付いたのだった。

人間には向き不向きがある。２Ｂの鉛筆を手にして、原稿用紙に向かうのが、私らしいのかもしれない。

東宝映画は丸山誠治監督のメガホンの元で、私の働いていた工場の、同じ機械を背景にしての現場ロケとなった。題名は「二人だけの橋」となったが、小説では工場内をかなり批判的に書いたにもかかわらず、映画撮影にまで全面協力してもらえたのはうれしかった。

主なキャストは主人公の友二には久保明さん、利発な娘チエには水野久美さん、機械に指をとられる役どころの河村君には、今や売れっ子の毒蝮三太夫氏、そして悩める主人公に、人間としてのありようを伝達してくれた上司の斎藤さんには、名優加東大介氏が扮して、個性的でさわやかな青春映画となった。

その後、ＴＢＳの東芝日曜劇場でも放映されたが、木村チエ役は山口百恵さんとなり、天井にまで届きそうなセットの白鬚橋の下での熱演となった。撮影中にお目にかかった百恵さんは、清潔そうな美しい笑顔の人だった。

今回、そんな昔に書いた小説が、新装版で甦る機会を作ってくれた本の泉社の新船社長と、同社の皆さんに、心からのお礼を申し上げる次第です。作者にとって愛着のある本書が、特に若い世代の心に届くことを期待しています。

二〇一九年一二月　早乙女勝元

【初出一覧】

・「美しい橋」（一九五七年／文理書院）

・「美しい橋」（一九六一年／春陽文庫）

・『早乙女勝元小説選集」第三巻』（一九七七年／理論社）

・『早乙女勝元自選集「愛といのちの記録」第三巻』

（早乙女勝元：著／一九九一年九月二〇日発行／草の根出版会）

●著者略歴
早乙女 勝元（さおとめ かつもと）

作家。1932年東京都足立区生まれ。東京大空襲・戦災資料センター名誉館長。
工場労働をしながら10代で書いた『下町の故郷』によって作家として出発。
56年以後、作家活動に専念。
《著書》『生きることと学ぶこと』『戦争を語りつぐ──女たちの証言』
『東京大空襲』『東京が燃えた日』（以上、岩波書店）、
『早乙女勝元自選集』（全十二巻／草の根出版会）、
『空襲被災者の一分』（本の泉社）、『螢の唄』（新潮文庫）、
『プラハの子ども像』『その声を力に』『赤ちゃんと母の火の夜』
『アンネ・フランク』『もしも君に会わなかったら』
『徴用工の真実』（以上、新日本出版社）、
『わが母の歴史』（青風舎）、『東京空襲下の生活日録』（東京新聞）など多数。

美しい橋

2020年3月10日　初版第1刷発行

著　者　早乙女勝元

発行所　株式会社 本の泉社
〒113-0033 東京都文京区本郷 2-25-6
電話：03-5800-8494　Fax：03-5800-5353
mail@honnoizumi.co.jp ／ http://www.honnoizumi.co.jp

発行者　新舩海三郎
ＤＴＰ　田近　裕之
装　丁　臼井新太郎　／　装　画　永島壮矢
印刷・製本　中央精版印刷株式会社
日本音楽著作権協会（出）許諾第1914627-901号

ISBN978-4-7807-1957-4　C0093